Fate/Prototype
蒼銀のフラグメンツ
1
桜井 光
原作 TYPE-MOON
イラスト 中原

Servant Saber

セイバー

善を愛し、正義を信じる聖剣使い。

故国ブリテンの興亡を賭《か》け、円卓の騎士と共に戦い続けた伝説の騎士王。

一九九九年に於《お》ける「二度目」の時とは異なり、一九九一年の聖杯戦争当初は「故国の救済」を聖杯に望んでいる。七人七騎の殺し合いを無邪気なまでに愉《たの》しむマスター・沙条愛歌《さじょうまなか》の在り方に一抹の不安を感じつつも――。

故国のため、王の責務を果たすため、蒼銀の騎士は数多《あまた》の戦いへと挑む。

フード着用時

初期設定ラフ

Personal Data

一人称：私（ある条件下でのみ、僕）
サーヴァント階位：第一位
真名：アーサー・ペンドラゴン
スキル：対魔力、騎乗、直感、魔力放出、カリスマ
宝具：風王結界（インビジブル・エア）、
約束された勝利の剣（エクスカリバー）

Status

TYPE-MOONエース VOL.9
スペシャルコミック用
イメージボード

店舗特典
イラスト

M a s t e r　S a j o　M a n a k a

沙条愛歌

恋のためだけに聖杯戦争を踊る少女。
少女になってしまった全能。
天賦の才能に溢《あふ》れ、およそあらゆる魔術を自在に行使してみせる。

一九九一年の聖杯戦争に於いて、魔術の名門たる沙条家の人間として参加するが――七人七騎の願いを賭けた殺し合いなど、彼女にとっては愛《いと》しい「彼」の願いを叶《かな》えるための輝く恋の日々の彩りに過ぎない。

微笑みを浮かべながら、少女は、マスターとサーヴァントの悉《ことごと》くと相対する。

令呪

Personal Data

一人称：わたし、私
マスター階梯：第一位・熾天使
魔術系統：なし
魔術回路／質：EX
魔術回路／量：E
魔術回路／編成：異常（過去に該当なし）

初期設定ラフ

店舗特典
イラスト

S a j o A y a k a

沙条綾香

愛歌の妹。

自宅の屋敷からほど近い杉並の小学校に通っている。

年齢相応の幼さを色濃く残しているものの、既に魔術師としての教育を父から受けている最中であるため、同級生に比べるとその思考は少し大人びている。

あまり会話することのない「天才」の姉に対して、憧《あこが》れと同時に劣等感を抱いてしまう。

好きな目玉焼きはターンオーバー。

Personal Data

一人称	わたし（1999年では「私、わたし」時折「あたし」）
マスター階梯	――
魔術系統	黒魔術
魔術回路／質	C
魔術回路／量	C
魔術回路／編成	正常

沙条広樹

一九九一年に於ける沙条家当主。

愛歌の天賦の才を見込み、魔術師にとっての千年の悲願・大願である「根源」への到達を目指して、聖杯を求める男。マスターには選出されなかったが、愛歌の協力者という形で聖杯戦争に参加する。

愛歌や綾香にとっては父親であると同時に、黒魔術の師でもある――もっとも、愛歌は一度たりとも師を必要とはしなかったが――。

Personal Data

一人称	私
マスター階梯	――
魔術系統	黒魔術など
魔術回路／質	――
魔術回路／量	――
魔術回路／編成	――

S a j o H i r o k i

Servant Assasin

アサシン

初期設定ラフ

Status

Personal Data

一人称：私
サーヴァント階位：第七位
真名：静謐のハサン
スキル：気配遮断、単独行動、変化、投擲／短刀、対毒
宝具：妄想毒身（ザーバニーヤ）

サーヴァント階位第七位、アサシン。髑髏《どくろ》の仮面を被った暗殺者。暗殺教団の教主「山の翁《おきな》」を務めたひとりであり、生前には「静謐《せいひつ》のハサン」の異名を有した毒殺の名手であったという。

サーヴァントとして一九九一年の東京に召喚され、マスターを失って東京の夜闇を彷徨っていたところ、愛歌と遭遇。自分に触れても死ぬどころか苦悶《くもん》の様子さえない少女の存在に圧倒され、惹かれ、そして——。

Servant Lancer

ランサー

サーヴァント階位第四位、ランサー。女性。

マスターから、各サーヴァントと最低一度の前哨戦《ぜんしょうせん》を行えと命令を受けている上に、最大の難敵と定めた相手の前で「とある霊薬」を飲め、と令呪による強制を施されている。

緒戦でセイバーと刃を交わし、彼こそが最強のサーヴァントであると確信した彼女は、躊躇《ためら》いながらも霊薬を口にする――。

Personal Data

一人称：私
サーヴァント階位：第四位
真名：???
スキル：???
宝具：???

Status

筋力？

耐久？

敏捷？

魔力？

幸運？

宝具？

UNKOWN

アーチャー

サーヴァント階位第三位、アーチャー。

優れた弓兵であり、奥多摩山中での遭遇戦に於いてはセイバーから「円卓の騎士のひとりであるトリスタン卿《きょう》にも並ぶ腕」と称賛されている。絶技とも呼ぶに等しい遠距離攻撃を行うも、それは彼の宝具に依《よ》るものではない。

奥多摩山中に於ける戦闘でセイバーと相対するも、既にその時、彼のマスターは――。

Personal Data

一人称：俺
サーヴァント階位：第三位
真名：???
スキル：???
宝具：???

Status

筋力？

耐久？

敏捷？

魔力？

幸運？

宝具？

UNKOWN

Servant Archer

Fate/Prototype 蒼銀のフラグメンツ 1

桜井 光

角川文庫
24309

目次

口絵・本文イラスト／中原
本文デザイン／平野清之

Little Lady ACT-1

輝くひと――

誠実で、誇り高くて。優しくて。
その笑顔は、まるで、朝の陽差しみたいに柔らかく煌《きら》めいて。
善を愛し、正義を信じる、優しいあなた。
争いを嫌っているのに、ひとたび剣を取れば誰より強い。
輝く剣は、世界のあらゆる邪《よこしま》なものを、悪なるものを、はね除ける。

――おとぎ話の王子さま。

現実に王子さまはいない。
探しても意味はない。
現実は、もっと、冷ややかで厳しいのだから。
私たちはそう言われながら育ってきた。
親に、師に。

もしくは世界そのものに。
ほら、こんなにも冷たくて、こんなにも厳しい。
世界を埋め尽くす色は黒。頑張ってもせいぜいが灰色。
王子さまも、白馬も、いない。
眩《まぶ》しいくらいの夢と幻なんて何処《どこ》にも在りはしない。

でも、私たちは知っていた。
王子さまは、きっと、世界のどこかにいるということ。

そう、私たちは知っていた。
おとぎ話《ばなし》のような出来事は、世界のどこかに必ず在ると。

ええ。そう――

私たちは知っている。
輝《あなた》きが世界に在ることを。
運命《あなた》が世界に在ることを。

時に離れ、時に触れ合って。いつか、ぴたりと寄り添って。
世界の黒を引き裂きながら。
蒼《あお》と白銀《しろがね》を纏《まと》って。何より眩しい、光輝く剣を手に。

――あなたは、此処《ここ》に、来てくれる。

Fate/Prototype
蒼銀のフラグメンツ

死者は蘇らない。
なくした物は戻らない。
いかな奇跡と言えど、
変革できるものは今を生きるものに限られる。

末世に今一度《いまひとたび》の救済を。
聖都の再現。
王国の受理。
徒波の彼方より、七つの首、十の王冠が顕れる。
罪深きもの。
汝の名は敵対者。
そのあらましは強欲。
その言祝ぎは冒瀆となって吹きすさぶ。

遍く奇跡を礎に。
此処に逆説を以て、失われた主の愛を証明せん。

聖杯戦争。

それは、魔術師たちによる願いを賭《か》けた殺し合いだ。

天使の階梯《かいてい》を得た七人の魔術師と、七騎のサーヴァント。

かつて〝非業の死〟を迎えた英霊たちはサーヴァントという魂の器を得てひとたび現世に蘇り、己《おの》がマスターである魔術師と共にひとつの地に集い、人智《じんち》を超えた苛烈《かれつ》な戦いを繰り広げ、最後の一騎となるまで殺し合う。

魔術師、サーヴァント。共に、己が願望を叶《かな》えんが為に。

時に西暦一九九九年。

旧き千年紀《ミレニアム》の終わり。

約束された東の果ての地——この東京で、最も新しい聖杯戦争が始まる。

そして、今——

わたしの目の前に立つサーヴァント、一騎。

蒼色の瞳をした、彼。

白銀の鎧《よろい》を着た、彼。

最下位の第七位・権天使のマスターであるわたしに寄り添い、この聖杯戦争を共に戦うと誓ってくれた、第一位のサーヴァント。

わたしを守ると言った騎士《あなた》。

セイバー。


あの時のわたしには、あまりに背が高いように見えた、あなた。

我知らず、わたしは、八年前と同じようにあなたの姿を見つめる。

八年前。あの頃、あなたはお姉ちゃんの傍らにいて、きっと、わたしの知らないところで戦っていて。なのに。わたしは、多くのことを知らなかった。

あなたのことも。

お父さんのことも。

聖杯戦争というものが、具体的に何を意味するのかも。

お姉ちゃんが、何をしていたのかも。

お姉ちゃん——

愛歌《まなか》お姉ちゃん。

誰より輝いていたひと。

あなたと共に、八年前の聖杯戦争を駆け抜けたひと。

あの時のわたしはまだ幼くて、今では思い出せないことも多いけれど、でも、確かに思い出せることもあって。

たとえば、そう。

わたしは、お姉ちゃんのことが、ずっと——


閉めたカーテンの隙間から差す、眩《まばゆ》い陽の光。

窓のすぐ先にある木々の枝に留まって時を告げる、小鳥たちの声。

朝の気配。夜の暗がりと冷たさは嘘のようにどこかへと消えて、眠る直前までは〝明日〟だったはずの日が、〝今日〟のかたちになってやって来る。

「ぅー」

まだ幾らか重い瞼《まぶた》を擦《こす》りながら、柔らかなベッドの中で、沙条綾香《さじょうあやか》はぼんやりと目を覚ます。

陽の光。小鳥たちの声。

爽やかで、心地良いはずの朝の気配は嫌いではないのだけれど。

朝の訪れそのものは、あまり、好きになれない。

（もう、朝なんだ）

自分の体温が移って、丁度良いくらいの温かさを保ったベッドの感触の心地良さが好きなことも否定はしない。微睡《まどろ》んだまま、こうして温もりを感じながらごろごろするのは、好きか嫌いで言えば好きの部類。

（目覚まし、まだ、鳴ってない……）

幾らかの期待を掛けて、毛布に頭までくるまりながら、枕元に置いたデジタル式の時計に手を伸ばす。毛布から出た右手に、ひやりとした空気が触れる。この感覚もどちらかと言えば好きなほう。

それでも、寒いものは寒い。

時計をすぐに毛布の中に引きずりこむ。

西暦や日付、曜日まで表示される、そこそこ高級な時計だった。去年の誕生日に買って貰《もら》ったもの。もっと可愛いものが欲しかったけれど、父に文句を言う気にはなれなくて、もう一年以上もこの時計を使っている。

【1991】

いつもは意識しない西暦表示へちらりと視線をやってから、時刻を確認。

【AM 6：14】

午前六時十四分。

同年代の女の子であれば、きっと、多くは二度寝を決め込むに違いない時間。けれど、綾香の生活習慣《スタイル》は一般的な小学生女子とは些《いささ》か違っていたから、デジタル表示を目に、少しだけ困った顔になって、

「……ぴったり」

呟《つぶや》きながら、目覚まし機能のスイッチをオフにする。

目覚ましを設定した時刻は午前六時十五分。

だから、ぴったり。これ以上はベッドの中にいられない。

もぞもぞと毛布の中から這《は》い出て。もぞもぞと寝間着《パジャマ》を脱ぐ。

やはり、朝の空気はまだ冷たい。寒い。昨夜眠る前に学習机の椅子の上に置いた、きちんと折り畳んだ着替えを手に取って、脱ぐ時よりは幾らか早く着替える。

ひとりで着替えができるようになったのは、いつからだったろう。

少なくとも小学校に上がった時にはできていた。逆に言えば、誰かに着替えさせて貰っていた頃のことを、もう、覚えていない。父にして貰っていたのか、母にして貰っていた

のかも、はっきりしない。

多分、父ではないと思う。

覚えていないのに、不思議とそういう確信だけはあった。

「よし」

着替えを済ませて、洋服簞笥《だんす》の脇にある姿見の鏡の前に立つ。

ちゃんと着替えられている。大丈夫。

明るい赤色をしたこの上着は、綾香のお気に入りだった。赤色の釦《ボタン》がちょっとお洒落《しゃれ》で可愛いと思う。

壁掛けの時計を確認しつつ、櫛《くし》で手早く髪を梳《す》く。

髪はそう長いほうではないから、すぐに済む。大丈夫。時間には間に合う。それでもぎりぎりではあるから、気持ち、急ぐ。

(……お料理もするなら、もっと早く起きないといけないよね)

ひとりでの着替えはできるけれど。

料理は、まだできない。父に任せきりだった。

家のことの多くは、基本的に、父がひとりで行っている。たまにお手伝いさんが来る日もあるものの、入れない部屋がそこそこ多い沙条家の大きな家は、結局のところ父が取り仕切っている。綾香が家事を手伝うのも、父の指示あればこそ。

「お父さん、もう起きてるよね」

昨夜も遅くまで起きていたはずの父。

きっと、今朝も朝食の用意をひとりでしてくれるはずだけれど、綾香がそれを手伝うことは基本的にない。せいぜいが配膳の準備を手伝うくらい。

朝の時間、綾香には他にするべきことがある。

定められた日課。

すなわち——黒魔術の訓練。勉強と、実践。


廊下の空気は、部屋の中よりもずっと冷え込んでいた。吐く息も白い。

両手を息で温めつつ、洗面所へ。綾香用にと父が作ってくれた踏み台を置いて、その上に立って、空気なんて気にならなくなるほどの冷たさの水で顔を洗う。

朝特有のふわりとした感覚が瞬時に消える。

微睡みの名残もどこかへ行って、意識がはっきりする。

自分用のタオルで顔の水気を拭《ぬぐ》って、うん、と頷《うなず》く。鏡を見ると、前髪がだいぶ濡《ぬ》れてしまっていて、ピンで留めておけば良かったと今更ながらに思う。鏡の向こうの自分が、困ったような顔になる。

「へんな顔しないの、綾香」

再度、うんと頷いて。廊下へ戻る。

そうして、ようやく気付いたことがひとつ。

「あれ？」

なんだかいい匂いがする？

近所の、どこかの家の朝食だろうか。ベーコンと卵の匂いなら毎朝の沙条家の献立として不思議ではないものの、漂っているのは、ベーコンの匂いもあるような気がするものの、もっと別の料理の匂いでもあるような。料理には詳しくないし、勉強もしていないのでさっぱりわからない。

なんだろう、と意識の片隅で思いつつ、廊下をまっすぐ進んで。

突き当たりまで歩いて、曲がって。

綾香はガ、ー、デ、ン、へ向かう。

洗面所から出て、廊下をずっと歩いた先にある扉を開けて、外へ出る。更に渡り廊下を進んで、その突き当たりのガラス戸を開けて。ようやく、到着。綾香の家は大きいね、とクラスメイトに言われても、ずっと住んでいる家のことであるせいか、ぴんと来ないことが多いものの、こうしてガーデンに来る時だけはそう感じる。

大きいというか、広い、というか。

でも、嫌ではなかった。

歩く距離、長いなと感じても。

日課への気の重さを感じても。

ここに来ることそのものは、嫌ではなかった。

——庭でも、庭園でもなくて。

——ガーデン。

繁茂した緑の木々。花。何十種類もの植物。それに、何羽もの鳩。

綾香の姿を認めると、何羽かまっすぐに飛んできて、足下に群がってくる。

家の庭というには植物が多い気がするし、庭園と呼んでしまうほど大げさなものではない気がするから、やはり、ガーデンと呼ぶのが合っていると綾香は思う。

ずっと前に「なぜガーデンと呼ぶの」と尋ねたことがあるけれど、父は特に何も返答しなかった。曖昧《あいまい》に頷いただけで。だから、綾香は勝手にこう考えることにした。ここをガーデンと名付けたのは父ではないのだ、と。

きっと、母が名付けたのだ、きっと、と。

正確に分類するなら、温室。

ガラス製の壁や天井は、今も朝の陽光をたっぷりと採り入れている。

酸性雨への対策が大事ですからとか、お父さんは偉いとか、家庭訪問の時に学校の先生が言っていたものの、本当にそういう理由なのかはわからない。そもそも、ガーデンを作ったのが父なのかどうかも。

「おはようございます」

おはよう、ではなく、おはようございます。

すり寄ってくる鳩へ意識を向けないようにしながら、ガラス製ではない壁面、木製の壁で形作られた専用の場所へ声を掛ける。陽光を浴びせないほうがいい薬瓶や本の山があるあたり。父の研究室のような場所であり、綾香の朝の勉強場所でもあるところ。

けれど——

「あれ？」

首を傾げてしまう。

いつも、この時間、父はここにいるはずなのに。

午前六時半から七時半まで、朝食前の一時間、父から黒魔術を学ぶ。

それが綾香の朝の日課。

なのに、そこには誰もいない。

「お父さん」

そこにいないだけで、ガーデンのどこかにはいるのかも知れない。そっと、呼びかけてみる。一秒、二秒、待ってみる。

それでも返答はない。

代わりに足下で鳩が何羽か喉を鳴らすだけ。

「あなたたちじゃなくて……」

考えてみる。今日は父が黒魔術の勉強を見ない日、だったろうか。

それでもやること、やるべきことは変わらないのだけれど。日課である訓練は、同時に父からの言いつけでもあって、何もしなくてもいい朝というのは基本的に存在しない。

事前に言われたことを忘れてしまって怒られることは、少なくもない。だから、もしかしたら昨晩、今朝のことについて言われていたのかも知れない。

そういえば――

「何か……」

――これから。

「始まるん、だっけ」

――始まるのだ。

「それで」

――我々はそれに参加せねばならない。

「えっと……」

――沙条の家の悲願。

――否、それは、我々魔術師の大願を成すために必要なことだ。

「鳩には声を掛けるなと、以前も言ったぞ。綾香」

聞き慣れた声。

すぐに、声のした方向へと振り返る。

ガーデンの出入口のガラス扉のすぐ近くに、背の高い、父の姿があった。煌めく陽光のせいで、顔には陰が落ちていて、見上げる綾香からは表情がわからない。

「お父さん」

「生贄《いけにえ》には声を掛けるな。言葉を掛けるな。我々は決して生贄に共感してはならない。共感は躊躇《ためら》いを導いて黒魔術師を迷わせる。幾度も言い聞かせたな」

「……はい」

俯《うつむ》きながら綾香は頷く。

流石に、何度も言われたことは覚えている。だから意識しないようにしていたのに、つい、足下の鳩に声を掛けてしまった。

今もこうして懐いてくる鳩たち。

ガーデンに入った時は数羽だったのが、もう、十羽近く集っている。

「鳩と人間は言葉を交わせないし、交わさない。本来は共感を得られるものではないが、幼いお前はすぐにでも感じてしまうだろう」

「……」

「これはお前のためだ。綾香」

何度も言われたこと。

毎朝言われていることを、また、言われてしまう。

綾香自身、父の期待には応えたいと思う。

けれど、こうして懐かれてしまうと、どうしても――

父に指示された通りにすることに、抵抗を感じてしまうのも事実だった。

「黒魔術と生贄は切り離すことができない。生贄の苦痛は黒魔術の力の源だ」

これも、何度も言われていることだ。

毎朝、聞かされていること。忘れがちな綾香とは言え、流石に忘れたりしない。

「がんばり、ます」

小さく呟く。俯いていた顔を上げるのは、無理だったものの。俯いたままの視線の先には、外履《サンダル》きの先端をついばむ白い鳩の姿があった。

「いや。今朝は構わん。もう食堂《ダイニング》へ行け」

「え」

――え？

何を言われたのかわからなかった。

毎朝、食事の時間までは絶対にガーデンから出してくれないのに。

やっと綾香は顔を上げる。

父は、こちらを向いていなかった。視線は母屋《おもや》のほうへ向いて。どこを見ているのか、一瞬、わからなかった。方向からすると、多分、食堂のほう――

「朝食だ。今朝は、愛歌に付き合ってやってくれ」

ひとりで来た廊下を、ふたりで戻る。

なぜ、と綾香は言わなかった。

父の言いつけは絶対だから、うん、と言って頷いただけ。返事は「はい」だ、と叱られたことは気にならなかった。言わなかっただけで、なぜ、という疑問はぐるぐると大きな渦になって綾香の頭の中に広がっていた。

「……」

じっと、少し先を歩く父の背中を見上げて、見つめる。

どういうことか言ってくれるだろうか。

言わないままなのだろうか。

あまり、魔術のこと以外は語らないひと、という印象が父にはあった。

たとえば、母のことを尋ねても答えてくれない。ガーデンの由来についても。そういう時は、やはり、曖昧に頷くだけで済まされてしまう。

なのに――

「愛歌がな」

父は、珍しく口を開いていた。

こちらへは振り返らずに。

「朝食をな。悪いが、付き合ってやってくれ」

「お姉ちゃん？」

「私よりも、お前のほうがいいだろう」

「？」

父の言っている意味が、よく、わからない。

綾香は首を傾げてしまう。

朝食の時間はいつも父と姉、そして綾香の家族三人で過ごしていて、だから、食堂に姉がいるというのは不思議なことではなかった。けれど、時間が早すぎると思う。多分、まだ午前六時半を過ぎてすぐのはず。

「お姉ちゃん、おなか減ったの?」

言いながら、それは何かおかしいと綾香は思う。

姉──

綾香の六歳上の姉である、沙条愛歌。

姉の存在は、綾香にとって特別なものだった。

食事の時間を早めて欲しいとか、そんな〝普通の子〟が言うようなことを、姉が言うとは思えない。言わない。絶対に言わないだろうという、確信さえ胸の中にはあった。

だから、父の言葉の意味がわからない。

「料理をしたいんだそうだ」

「お料理?」

何度か、姉が料理をするのは見たことがあった。

ただしそれは、父が忙しすぎて時間が取れなかった時だけで、自分から進んでした、ということではなかった。けれど、今の父の口振りは、姉が自分から望んで、進んでそうしたいと告げた、とでも言うようで。

「お姉ちゃんが言ったの？」

「そうだ」

「そうなんだ」

素直に、綾香は頷く。

なぜだろうと不思議には思ったものの、姉がそう言ったからには、きっと。

完璧《かんぺき》に料理をしてみせるんだろう、と、自然にそう思えた。

なぜなら――


お姉ちゃんは、すごいひとだから。

可愛くて、ううん綺麗《きれい》で、頭もよくて、何でもできるひと。

「綾香、お皿取ってくれる？　トーストもね？」

「うん。お姉ちゃん」

「あ、そっちじゃないわ。ベーコンエッグのお皿だから小さいほうね。ほら、あなたが前に割っちゃったほう。あとね、トーストは厚いのじゃなくて薄く切ったほう」

「あっ、う、うん——」


ほら、今だってそう。

厨房《キッチン》の中で、てきぱき。でも、とても優雅に。

お父さんのかわりにお姉ちゃんがキッチンへ立つことは何度かあったけど、今とは違って、必要だから用意するっていう感じだった。効率よく、手際よく。

こんな風に、今みたいに——まるでコックさんみたいにてきぱきとした感じじゃなかったし、お話の中に出てくる〝お母さん〟みたいに綺麗だなっていう感じでもなかった。

前の時とはぜんぜん違う。

あの時もすごかったけど、何だろう。

同じすごいという言葉でも、意味っていうか……。

性質？　そういうものが違うと思う。

献立の数も、ほら。見ただけで違うってわかる。

前の時は、ベーコンエッグにトーストに、サラダに、ミルク。

今は、ベーコンエッグにトーストに、サラダに、ミルクに、キドニーパイに、鱈《たら》の切り身とポテトを揚げたものに、チーズとハム、ポリッジとスコーンに、紅茶、それから、デザートには桃を切ったものとプラム。

食べきれないくらい、たくさん！

どれもこれも手早く、お姉ちゃんは正確に作っていく。

キッチンナイフを手にした真っ白い指先さえ、見てるだけで溜息《ためいき》が出そう。

わたしと、歳、六つしか違わないのに。

どうしてこんなに、このひとは綺麗なんだろう。

小学校にも可愛い子はいるけど、でも違う、お姉ちゃんとは――


「ありがと、綾香。ふふ、どうしたのぽかんとして」

「ううん……」お姉ちゃんが綺麗だから、とはなぜだか言えなくて。

「そう？」


綺麗な、愛歌お姉ちゃん。

キッチンはお城の広いホールの一部で、お姉ちゃんはそこでくるくる踊るお姫さまみたい。

たくさん、たくさんお料理をして、何だか嬉《うれ》しそう。楽しそう。

お母さんの顔はおぼえていないけど、きっと、生きていた頃のお母さんはこんな風だったのかなって思う。

窓から差し込む陽の光で、きらきら。

お姉ちゃん、ほんとに綺麗。

今までもそうだったけど、なんだろう。

今朝は特に。

綺麗で、眩しくて。


「イギリスのひとはね、鱈が好きって本に書いてあったの」


ブリテンのひともそうだとは限らないのだけど——

そう言うと、お姉ちゃんは、朝陽を浴びながら柔らかく微笑んで。

やっぱり、綺麗。

笑った顔は何より綺麗で、どんな絵本やお人形のお姫さまよりも可愛い。

こんなに嬉しそうなお姉ちゃんの顔を見るの、いつぶりなのかな。

何でもできるひと。お姉ちゃん。

お勉強も、黒魔術も、何でもできて、算数のドリルも黒魔術の訓練も、あれもこれもうまくできないわたしとは違って、本当に。何でもできる。

何でも、そう。

鳩だって。

猫だって。

わたしみたいに、立ちすくんだりしない。

何でもできるお姉ちゃんは、「できたから嬉しい」とか「やってみて楽しい」っていうことは、多分、ないのかなって思ってた。

でも違ったみたい。

ほら、お姉ちゃん、こんなに楽しそう。笑ってる。綺麗——


「ねえ。味見してくれる、綾香？」

「う、うん。いいの？」

「いいのよ。ほら、あーんしなさい」

言われるまま唇を開けて、白くて細い指につままれたフライドフィッシュをひとかけ、ぱくり。油のお料理ってあんまり好きじゃないけど、でも。

「どう？」

「おいしい……」

本当に、おいしい。

油ものの料理、あんまり好きじゃないのに。

さくっとして、ふわっとして、ぜんぜん油っぽい感じがしない。おいしい。

「サワークリームのおまじないが効いたみたいね。よし、綾香が大丈夫なら♪」

「おまじない？」

「お料理をおいしくする、秘密のおまじない。魔術よりすごいのよ」

テーブルで、コーヒーを飲んでいたお父さんがむせて、咳《せき》をするのが聞こえる。

お姉ちゃんやわたしが声を掛ける前に、「何でもない」とお父さん。

多分、お父さんはびっくりしたのだと思う。お姉ちゃんの言葉に。

魔術。お呪《まじな》い。

わたしだって覚えてる。

だって、魔術っていうものは、本当にあるもので。

わたしたちの――

「えっと、魔術よりもすごいのって、えっと……」

「なあに？」

「お父さん、言ってたよ。魔術よりすごいものは、ひとつしかないって」
「そうね。だから、それを使ったの」

お姉ちゃん。
当然のことなのに、何を言ってるのかしら。
そういう顔だった。
きらきら、朝の輝きを浴びながら。
桜の花びらとおなじ色をした唇から聞こえる声。
まるで、本当に、それは——

「恋の魔法をね」

本物の魔法みたい。
わたしは、それがどんなものか知らないのに、そう思って。

「恋？」

「ふふ。綾香には、まだ、わからないのかしら。恋の魔法っていうのはね」

そう言って――

お姉ちゃんは、わたしを見て囁《ささや》く。

まるで、わたしの向こうにいる誰かに話し掛けるみたいに。

「魔術師の使う、どんな神秘よりもすごいのよ」

Fate/Prototype
蒼銀のフラグメンツ

Little Lady ACT-2

「――どうぞ、召し上がれ」

朝そのものである輝きを背に、少女は言った。

東の窓辺に立って、さまざまな料理が並べられた食卓《テーブル》を示しながら、屋敷の外で今なお囀《さえず》る小鳥よりも愛らしい声で。どこか、遠慮がちな仕草さえ添えて。

可憐《かれん》な少女だった。

陽に透けるかの如き柔らかな髪。

淡く、透き通った色の瞳。

翠《みどり》色のドレスが実によく彼女に映えている。

輝きに咲き誇る花、一輪――

そう、彼は少女の姿を内心で形容する。

たとえば淑女の扱いに慣れた典雅の騎士であれば、即興で、少女の美を讃《たた》えつつ、振る舞われる数多《あまた》の料理への感謝を捧《ささ》げる詩のひとつも謳《うた》ってみせるところなのだろう。

けれど、彼は、どちらかと言えば淑女には慣れていなかった。

故に、ただ、少女を見つめて。

「ありがとう」

短く告げる。

感謝の意を込めて。

「ええと、ね」はにかむ素振りを見せつつ、少女は笑みを浮かべて「好みがわからなかったから、もう、思い付くだけ作ってみたの。量、多すぎたかも知れないのだけど」

「いや。有り難く戴《いただ》くよ」

「無理はしないでいいのよ、食べたいものだけ……」

遠慮がちに告げる声。

それが、不意に、小さくなっていく。

少女の視線の焦点が、彼の姿から食卓へちらりと移った刹那《せつな》のことだった。

「食べてくれれば……」

陽を浴びて踊る善の妖精もかくやという朗らかさ。華やかに咲き誇る、朝露に濡《ぬ》れた大輪の花。それらの輝きが、翳《かげ》る。妖精は隠れ、咲き誇る花は時を戻して閉じてしまう。

視線が揺れて。少女の表情、沈んでしまう。

「それで……」

恐らくは——

食卓に並べられた料理の山を前に、今、ようやく我に返ったと見える。

確かに、常人の一食分と言うにはあまりに量が多いのだろう。

卵料理。ベーコンエッグ、スクランブルエッグ、ポーチドエッグ。それぞれが、およそ

六人分か。ちなみに、ポーチドエッグはトーストに添えられている。これも六人分。

サラダ。緑を基調とした見目良いそれも、六人分程度。

肉料理。白色で肉厚の茸《きのこ》と一緒に焼いたソーセージ、これも六人分。更に、牛の内臓や肉に茸を具材としたキドニーパイが、丸ごとひとつ。恐らくは、焼き上がったばかりだろう。六等分して初めてひとり分、と言ったところ。

ミルクの麦粥《ポリッジ》も六人分。鱈《たら》の切り身とポテトを油で揚げたものは、山盛りに。

桃を切ったものにプラムを添えたデザートも、それなりに。

食後にと用意されたスコーンとクリームも、かなりの量がケーキスタンドに置かれている。

概《おおむ》ね、彼にとっては見慣れない料理だった。

ひとつひとつ、少女に教えて貰《もら》って初めて名と像が結びついたものばかり。

「量のことなら問題はないよ」

「でも——」

「食事は戦場に臨む騎士の活力となるものだ。多くあって困るものではないよ」

そう言って、彼は微笑む。

少女を安心させるために形作った表情ではあったものの、事実、この程度の量であれば無理という話でもない。言葉にした事柄もある種の事実。いざ戦場へ臨むにあたり、騎士は大いに活力を必要とする。肉も、芋も、酒も、あるだけ平らげてみせる剛胆を成してこその騎士という考え方も、なくはない。

無論、何事にも例外はあるし限度もある。

脳裏に浮かべた円卓に集う騎士も、全員がこの言葉に頷くとも限らない。

兎《と》も角《かく》。少なくとも、彼自身としては迷うことなくこう言えた。

「嘘ではないよ」

誇りと剣に賭《か》けて。

決して、虚偽なるものを口にはすまい。

「きみの振る舞ってくれるものは、すべて戴こう。愛歌《まなか》」

沙条《さじょう》愛歌——

それが、少女の名だった。

朝食を始めて、暫《しばら》くの後。

言葉のままに料理を口へと運び、およそ半分の量が消える頃になって、ようやく少女は元の朗らかさを取り戻していた。美味《おい》しいね、と彼が言葉を告げる度に、少女はみるみるうちに明るくなって。

妖精と花の気配が戻る。

自然と、口元には微笑みが浮かんでいた。

少女も、彼自身も。

「それでね」

満面の笑みを浮かべて、少女が告げる。

花が言葉を述べることがあれば、こういう響きになるのだろう。

そう思うに足る響きだった。かの妖精の郷《アヴァロン》に棲《す》まう娘たちは、このように囀ってみせるのだろうか、とさえ。

「お魚の揚げ物のサワークリームにはね、自信があったの。油もの、とっても苦手な綾香が美味しいって言っていたから。これならきっと、って」

「うん、それは特に見事な味わいだった」

「ふふ。お気に召したなら嬉《うれ》しいわ」少女は心底嬉しそうに目を細めて「今朝はね、現代の、ううん、正確に言えば十九世紀から二十世紀にかけての英国式の朝食にしてみたの。やっぱり故郷に近い味が良いかしら、って」

「ああ。美味しいよ」

「本当に？」

「ああ」

「本当の、本当？」

「ああ、我が主《イエス・マイ・レイディ》。きみの料理はすこぶる美味だとも」

言葉を重ねる。

すると、少女は更に笑みを深めて。

「良かった――」

小首傾げて、髪を揺らす。

彼も、応えて僅《わず》かに微笑む。

踏み込んで言えば――英国、という言葉に対して、彼は馴染《なじ》むものを感じない。

けれども少女の想いは伝わる。充分だ。

事実として、美味なものだった。彼の知る料理とは前提の手間、工程からして異なるのだろう。恐らくは、長い年月を掛けて文化の断絶もあったろうし、異国からの混淆《こんこう》もあったろう。口に運ぶ料理には、そういった時間の差を感じる。

そこに何かを想わない訳ではないが、それでも、気遣いは有り難い。

少女が真実、何を考え、何を感じ、何を想ってこうしているかはわからない。

ただ、純粋なものを彼は受け止める。

戦いへ臨む緊張感など微塵《みじん》も浮かべることなく、年の頃に似合った無垢《むく》な表情を浮かべながら言葉を掛けてくる少女へ、ただ、微笑みを返す。

と——

「ね、セイバー」

「何だい」

改まって、自らの名を呼ばれて。

彼《セイバー》は、少女を見つめる。

「わたし、今朝、ひとつわかったことがあるの。ううん、きっと、初めからわかっていたことなのでしょうけど」

うん、と少女は頷いて、

「要はね、お料理と同じなの」

何が、と問い掛けるより前に言葉が響く。

桜色の唇から。

静かに、一切の調子を変えることなく。

至極当然に。

たとえば、杯を返せば中身が零《こぼ》れるのと同じように。

「——聖杯戦争のやり方」

聖杯戦争とは、闘争である。


我々にとって、闘争の類《たぐい》は決して主題ではない。

本来、世代をも超えた不断の学究に身命を捧ぐことこそ魔術師の本道。

研究や家系を守る過程で個人や社会との衝突が発生することはあっても、闘争そのものを主題とすることは、通常ではあり得ない。


しかし、例外はある。

聖杯戦争だ。


実に単純明快な理屈だ。

聖杯が叶《かな》え得る願いはただひとつ。

対して、聖杯戦争に参加する魔術師――『マスター』は七名。

六名は排除されねばならない。

闘争は、回避不能の前提であると覚悟せよ。

（古びた一冊のノートより抜粋）


「お料理も、聖杯戦争も、何だって同じなのねってわかったの」

少女の言葉は続く。

朗らかに──

大輪の花の美しさを保ったまま、一点の曇りなく。

「手間がかかってしまうなら、かからないように頭を使えば良いの。煮込み料理をコトコトずうっと煮込むのは時間がかかるけど、圧力鍋を使ったら手軽に済むでしょう？　電動ミキサーだって、電子レンジだって、莫迦《ばか》にしたものじゃないわ」

ぴん、と人差し指を立てて。

仕草は、まるで、幼い子供が何かに思い至った時のよう。

否。そうなのだろう。目前の年若い少女にとっては、まさしく、良いことを思い付いたというだけのことなのだろう。

刹那の間に彼は理解する。

少女の無垢を。

少女の純粋を。

今朝の料理と、聖杯戦争は、彼女にとってはおよそ同列。

それは、経験の浅さから来る年若い万能感、聖杯戦争という過酷な闘争を理解し得ない無邪気さの顕《あらわ》れか。それとも、圧倒的な天賦の才がそう言わしめるのか。

恐らくは、後者。

この年若さでマスターとして選出されている以上は。

「それに、やっぱり下拵《したごしら》えね。目的のために事前の準備をしておくっていうのは、何にとっても大切だと思うの」

言葉は続く。

彼の視線を受け止めながら。

「サーヴァントはどれも強力だろうから、やっぱり、マスターを狙うのがいちばん効率が良いのだし。更に言えば、マスター本人を狙うよりも、力の劣る弱みがその人にあるのなら、それを狙うのがいっそう効率が良いわ」

言葉は続く。

弱み——一般的な魔術師なら、家系そのもの。家族。子女。

「だから、子女の略取。もしくは殺害？」

彼が沈黙を保てたのは、少女がそう告げる時までだった。

最早《もはや》、唇を開くしかない。しかしそれは、己《おの》が主人《マスター》である魔術師に戦略・戦術的な意見を具申するためではない。

ただ——

「愛歌」

耐えきれなくなったのだ。

少女が、何の衒《てら》いもなく順応しているさまに。

聖杯戦争に。殺し合いに。

六人六騎をすべて殺し尽くすため、手段を選ぶつもりはない——と既に決めてしまっていることに。

それは、聖杯戦争を勝ち残ろうとする魔術師としては当然のことではある。如何《いか》に取り繕おうとも、行われるのは命を賭けた闘争に他ならない。己が願いのために、魔術師も英霊も、すべてを費やして勝利を求めるだろう。

それでも——

「戦いへと挑むには、勇気が必要だ」

椅子から立ち上がり、食卓から僅かに離れた窓辺に立って、彼は言葉を紡ぐ。
騎士道を説くつもりは、ない。
それは、恐らく、遠き現代の少女の身に理解し得るものではない。
「恐らく、きみは既にそれを得ているのだろうね」
強制的な言葉ともなり得ない。
何故なら、彼の主人《マスター》は誰あろう、この少女に他ならないのだから。
「だが、無関係の誰かを巻き込んではいけない。
それが幼い者、力なき者であるなら尚更《なおさら》のことだ」
眼下の無垢へ静かに告げる。
まさしく、年若い幼子へと言い含めるように。
せめて、この可憐な少女が、血塗られた非道を選ぶことがないように、と。
けれど——
「あなたのためなのよ、セイバー」
微笑みは、揺るがない。
朝露に濡れた花が、涼しげなそよ風に揺られるのと大差なく、変わることのない笑顔が
そこには在って、諫《いさ》める言葉を今なお届けようとする彼の意思を阻む。
輝く瞳が、まっすぐに彼を見つめ返している。

「私の……」

「そう、あなたが傷付かなくてすむの。サーヴァント同士の衝突で、第一位のあなたは負けるはずがないけれど、それでも、戦って傷付いてしまったりしたら」

言いながら、少女は胸元に手を掛ける。

翠色のドレスの胸元。

繊細な指先が、ゆっくりと、釦《ボタン》を外して——

「わたし、そんなの耐えられない。それにね」

ドレスの胸元がはだけて。

雪のように白い肌と、そこに刻まれた黒色の模様が露《あら》わになる。

熾天使、七枚羽の令呪。


「これ、使いたくないの。絶対」


短い言葉。

込められた意味を、彼はかろうじて感じ取る。

サーヴァント同士が本格的に衝突する戦闘ともなれば、この令呪に込められた膨大な魔力を利用せざるを得ない局面が訪れてしまうことも、当然、否定できるものではない。

それを少女は忌避している？
何故——と視線で問い掛ける彼へ、少女は漸《ようや》く表情を変える。
——頰、僅かに朱に染めながら、切なげに。
——愛、告白する淑女のように。
「これは、あなたとのつながりだから」
——一画たりとも減らしたくないの。
——今は、これだけが、あなたとの確かなつながりだから。
そう、少女は囁《ささや》いて——

令呪。
天使の階梯《かいてい》。

それは、障害すべてを鏖殺《おうさつ》する力の窮極を管理する鍵《かぎ》。

聖杯戦争に於《お》いては、強力無比なる武器が七名の魔術師に与えられる。

七種七騎の英霊。

天使の階梯を得た魔術師一名につき一種一騎。

我々は、是《これ》を『サーヴァント』と呼称する。


魔術の神秘を超えるもの。

ひとの夢見る最強の幻想。

町ひとつを焼き尽くす現代兵器にさえ、彼らは決して後れを取るまい。

本来は魔術師程度の神秘使いが使役し得るはずもない、歴史の何処かに名を残し、伝説を打ち立てた偉大なる英雄たちの現身《うつしみ》。聖杯のもたらす膨大な魔力によって初めて召喚及び現界が可能となる、最強無比の存在。

英霊は強大であり、異質だ。

多くの場合はひとのかたちを成すが、本質的に彼らはひとではない。

故に、魔術師の身に刻まれるのが令呪。

魔術を超える存在である英霊をさえ支配する、聖杯の力の一端。

合計三画。

すなわち英霊への三度の強制、もしくは強化をもたらすもの。

是なくして、聖杯戦争は成立し得ない。


（古びた一冊のノートより抜粋）


「効率と、きみは言ったね」

再度、彼は言葉を掛ける。

記憶は正確だ。昨日、少女とその父である魔術師から聞かされた、現時点で予想される他のマスターの情報は彼の脳裏に刻まれている。

魔術の名門、玲瓏館《れいろうかん》家。マスターのひとりと目される現当主の娘と、この少女は近い年頃であるという。面識もある、と。向こうはどう思っているかわからないけど、友達のようなものね、と少女は確かに言っていた。

記憶情報を整理し、慎重に、彼は言葉を選ぶ。

ひととして、正しき道を。

ひととして、在るべき姿を導くべく。

「マスターの子供を狙うときみは言った。友人を手に掛けるようなことを、きみにはさせたくない」

「優しいのね。セイバー」

「愛歌」

「でも、大丈夫。心配なんていらないの」

「ひとは間違いを犯すものだ。けれど、きみは聡明《そうめい》だ。間違いを選ばずとも、きっと、聖杯を得て願いを遂げることはできる」

「ええ」

曖昧《あいまい》に頷いて——

少女は、また、彼へと微笑みかける。

「あなたのためなら、何でもできるわ」

届いていない。

届かない。

諫めんとする言葉は聞こえているはずだが、会話は、成立していない。何故？

胸の裡《うち》にある焦りを、彼は自覚していた。

故に、結論を急いだ。決定的な一言を先に述べていた。

すなわち――

「ひとを殺《あや》めるのは、良くないことなんだ。愛歌」


「どうして？」


声、言葉。

それは、大いなる衝撃を伴って彼の胸へと抉《えぐ》り込まれる。

戦場で振るわれる鋼鉄の大鎚による一撃、天を裂き地を穿《うが》つ荒ぶる竜の爪牙、それらでさえも届くまいと思わせる、それは、言葉と表情による刃だった。

何よりも――

少女自身が、それを刃と感じていないことが、深く、彼の胸の裡を貫く。

けれど、まだ、彼は諦めない。

先刻、この少女は愉《たの》しげに語っていた。食事のことを。妹のことを。

ならば。まだ、望みはある。

「たとえば」

紡ぐ、言葉を。

まだ。まだ、諦めはしない。

「きみが朝の時間を過ごした、きみの家族。父上と妹君。

それは同じことなんだ。きっと、玲瓏館のマスターにとっても――」

「どうして、そんなこと言うの？」

――微笑み。

「あなたに聖杯をあげると、決めたの」

――輝く瞳。

「あなたの願いをかなえてあげる。あなたが、ブリテンを救えるように」

——美しささえ伴って。

「そのためなら」

——輝きに咲き誇る花、一輪。

「何だってできるし、何だってするわ」

——ただ。

——少女は、眩《まばゆ》く、柔らかく、微笑みかけるだけで。

Little Lady ACT-3

光が——

灯《あか》りが落ちているはずなのに、時折、眩《まばゆ》い光が迸《ほとばし》る。

煉瓦《れんが》に似せて作られたコンクリート建材の床がひとりでに削れていく。

僅《わず》かに遅れて響く甲高い金属音。

同時に、風、と一言で表現するには凶悪に過ぎる衝撃が周囲を吹き荒《すさ》び、植え込みの木々が砕け散る。緑の葉が舞い上がる。樹皮の破片が飛び散る。街灯が割れる。

暗がりのビル街の一角。

その光景を目撃する者は、いない。

もしも誰かが偶然に通りかかったとしても、常人の視覚では、此処《ここ》で何が行われているのかを把握するのは難しいだろう。JR池袋駅からやや離れた超高層ビルディングの麓《ふもと》。夜深い都市の暗がりの中で、まさか、瞳に映るか否か——視覚情報を常人の脳では正しく認識し得ないほどの超高速で交差しながら刃を打ち合わせる人影がふたつ、など。

目にしたとして、誰が信じられるだろう。

まさか、こんな。

「流石は第一位のサーヴァント」

声が、響く。

片方の人影が、ぴたりと足を止めていた。

姿を見せていた。呟《つぶや》いていた。

優に自分の身長以上はあるだろう長大な金属塊を、軽々と、片手で構えて——

「剛剣ですね。それでいて速く、正確で、僅かな隙もない」

槍使《ランサー》いは言った。

そう、それは『槍《やり》』だ。

あまりに長大。あまりに巨大。

先端部が幅広く刃のようにして広がった形状を有する金属塊は、この二十世紀現在では書物や映像といった記録、もしくは博物館の中でしか目にしないものだ。西暦以前からおよそ近代までの永きに亘《わた》り、人類の闘争に於《お》いて重要な武具として位置付けられ、多くの勇士が命を預け、命を奪い続けたもの。長柄の刃。戦場の華。すなわち『槍』。

「さぞ……」

異様な光景だった。

池袋最大の超高層ビルディングであるサンシャイン60の傍らで。

たった今も、時折は自動車の数台が走り過ぎていく首都高速道路の高架下で。

鋼の鎧《よろい》を身に付けた女が、こうも長大巨大に過ぎる『槍』を手に。

「さぞ、名のある勇士であったことでしょう」

——そう、呟きながら微笑んでいる、などと。


成る程、槍か。

これほどの豪槍を目にすることになろうとは。

英霊七騎を用いて行われる聖杯戦争が如何《いか》なるものか、サーヴァントには一通りの前提知識が聖杯によって自動的に付与される。魔術師による魔力の衝突、英霊同士の巨大な力の衝突、英雄譚《えいゆうたん》に語られた奇跡と絶技の具現。それは物理法則さえねじ曲げる驚嘆、世界へのある種の蹂躙《じゅうりん》にして神話の再演でもある、とか。

目前の女は、巨大槍を軽々と片手に携えて、くるりと回転などさせている。

紙で出来ているのかと錯覚を起こしかねないさまだが、大盾と見紛《みまご》うほどの巨刃を穂先とする槍の重量は、既に、身を以《もっ》て理解している。

重い槍だ。人智《じんち》を超えて。

恐らくは、優に一〇〇キログラムを超えている。

柄の部分までが鋼鉄製の大型槍としてもあり得ない。ならば、かの巨大にして重きに過ぎる槍は物理を超えた存在なのだろう。実に、槍の英霊が有する武具に相応《ふさわ》しく。

「成る程」

内心の感嘆を――彼は、己《おの》が声に乗せる。

白銀色と蒼色に輝く甲冑《かっちゅう》を纏《まと》った姿で。

彼は――セイバーは右脚を引きつつ、己が『剣』の切っ先を後ろへと下げる。

得意な構えのひとつ。現代にあっては既に戦場でさえ振るわれる機会が去って久しいとされる――そう、槍と同じくして既に過去の武器であるはずの『剣』を、彼は、こうして両手で『構えて』みせる。

戦うために。

刃、交えるために。目前に立ちはだかる槍持つ敵と相対するために。

約二四〇メートルの地上高を誇る超高層ビルディングの麓。ゆるやかな階段が幾つも重なった、実に足場の悪い、一見すれば中規模の公園にも見える偽物の煉瓦で形作られた広場のただ中にて。

数段先の階段に立って、こちらを見下ろす敵と対峙《たいじ》する。

夜の静寂が似合う女ではあった。

長い髪は戦場では足枷《あしかせ》にしかなるまいに、自信と実力の顕《あらわ》れか。

槍の女。修行時代の友に女槍兵はひとりいたが、まるで戦い方が異なる。鎧装束も、彼の実際の記憶から思い浮かぶものはない。ブリテンならざる異国の英霊と言う訳だ。

「貴女《あなた》の豪槍も大したものだ、第四位のサーヴァント。ランサー」

「あら、ばれてしまいましたね」

「私と違い、貴女の武器は判りやすい」

「そうですね。そちらの武器は、残念なことに姿を見せてはくれないようですし」

女は薄く微笑む。

そう、彼の剣は確かに見えざるものだ。

不可視の剣。周囲に集積され封じ込まれた大量の風、空気が、光の屈折を操って剣本来の姿を覆い隠している。故に、槍使いの英霊――ランサーからすれば、完全透明な不明の武器を有した戦士を相手にしている、ということになる。

「やり難《にく》いものですね。見えない武具、というのは」

「降伏はいつでも受け入れよう。騎士は本来、淑女に刃を振るわぬものだ」

「優しいのですね」

女は、微笑みを崩さない。

「そんな風に、優しくされると――」

女が動く。否、戦士が動く。性の差などこの場で如何ほどの意味がある？　ない。相手は英霊だ。人々の記憶に残り、時経ても歴史の狭間《はざま》に名を刻んだ伝説そのものの顕現に対して、そんなものは露ほどの意味もない。あるのは、ただ、こうして現界したことによる驚異なりし猛威、物理法則への挑戦、圧倒的なまでの破壊！

見るがいい。

超高速で接近するランサーのしなやかな指先に、金属塊、巨大槍の姿はあるか。

寸前まで軽々と手元で弄《もてあそ》ばれていた超重量の槍は、今や姿を消していた。セイバーと同じく風の魔力を用いたものか、何らかの魔術を用いたものか、それとも超自然的な伝説の効果によるものか。いずれも違う。ただ、それは速いだけだ。速い。速い。ただただ、速く、ランサーの指先と掌《てのひら》に導かれて回転し、空舞う鳥の羽よりも軽やかに扱われて、不可視の域にまで速度が上がっているに過ぎない。

「困ります」

声と同時に攻撃が放たれる。

体感的には、ほぼ同時に五回の攻撃。

極限の更に先にまで高められた高速回転する巨大槍が、五度、襲い掛かる。

直後、五回の金属音。ランサーの放つ同時五連の槍撃を、セイバーは真正面から自らの剣によって受け止めていた。正真正銘の不可視である刀身が、超高速による疑似的な不可視の五連撃を弾《はじ》く。超高速と超重量への即時対応。連射された銃弾を受け止めるに等しい物理法則への反逆だが、それが英霊、聖杯を求め戦うサーヴァントというものだ。

高速で打ち合わされる鋼の刃と刃。

ほぼ同時に、両者の周囲に衝撃波《ショックウエーブ》が発生する。

偽物の煉瓦が砕ける。

かろうじて生き残っていた街灯が、次々と破裂していく。

「お見事」

彼女の声には未だ、微笑みの残滓《ざんし》がある。

返答せずにセイバーは後退する。直後、彼の立っていた場所を五連撃が襲い、固いコンクリート建材の床に深々と爪痕《つめあと》を残す。爪。そう、爪だ。最早《もはや》、ランサーの振るう槍はひとつの『手』と化していた。彼女のしなやかな体軀《たいく》の背後には巨大な不可視の『手』が在って、その指先一本一本が鋭い鋼鉄の鉤爪《かぎづめ》を伴って、蒼銀の剣士を襲っている——もしもこの場を目にする者がいれば、そんな錯覚を覚えただろう。

断続的に『手』は襲い掛かる。断続的な五連槍撃。

セイバーはそれを時に躱《かわ》し、時に剣で受け止めて、全体的には後退していく。

回避。防御。どちらも完璧《かんぺき》。衝撃波などは只《ただ》の余波、避けるまでもない。

だが、攻めの手がない。長柄武器による一撃の攻撃距離《リーチ》は長く、なおかつこの超高速での連続攻撃と来れば、攻撃距離に劣る剣での反撃は困難。

しかし。合計七度目の五連撃を回避した、直後。

「————ッ！」

セイバーは攻撃に転じていた。

同時五連は驚異の技ではあるものの、あまりに単調。あまりにぬるい。

まずは紙一重で不可視の『手』をくぐり抜け、そのまま、白銀鎧に包まれた体を横に回転させながらの一閃《いっせん》。真一文字の薙《な》ぎ払い。風纏う剣、その刃は、それまでの両手持ちではなく、片手で振り抜かれていた。体躯を横回転させながら半身の姿勢による片手の一撃。両手時よりも遙《はる》かに長い攻撃距離は、巨大槍の攻撃範囲に守られる形でいたはずのランサーの華奢《きゃしゃ》な体躯へと届く！

魔力で編まれたと思《おぼ》しい彼女の胸部鎧を貫く、刹那。

炎が舞った。

セイバーの視界を炎が覆う。

構わずに、彼は、剣を握る手に力を込める。刃を突き出す。

敵の心臓部を貫くべく、剣の切っ先を押し込む。だが。手応《てごた》えは薄い。

見れば、ランサーの姿は大きく離れていた。

刃を振れば届く距離ではない。再び、間合いを詰める必要がある距離。

「……手強《てごわ》いですね」

漸《ようや》く、ランサーの声からは微笑みが消えていた。

「この程度。あまりに単調な攻撃を続けたのは、そちらだ」

「あら、また、ばれてしまいましたね。優しいひと。こちらの心臓を狙ったのは、一撃で終わらせようという慈悲の顕れなのでしょうか」

「慈悲などと」

再び、不可視の剣を構える。

距離を詰める方法は幾らでもある。

未だ、セイバーは手の内を幾らも見せてはいない。だが、それは、槍持つ彼女とて同じではあるのだろう。ただ巨大にして超重の槍を操るだけで、英霊としての存在を成し得るはずなどないのだから。奥の手を隠している可能性はきわめて高い。

たとえば——

「優しいひと。優しいサーヴァント。そんなにも優しいと、私」

このように。

何処からか取り出した、いかにも魔術の品じみた小瓶であるとか。

「困ります」

小瓶に満ちた赫色をした液体を、ランサーは一気に呷《あお》ってみせる。

静かに。視線をこちらへ向けたまま。

豊島区池袋、サンシャイン60のほど近くに建ち並ぶ雑居ビルのひとつ。

誰もいないはずの屋上。

時刻は既に、深夜と表現するよりは未明と呼ぶのが相応しい。別々の商業施設が一階ごとに入ったビルは各階層ともに無人であり、屋上も同じであるはずだった。けれど、そこにはひとりの少女の姿が在る。

ある種の——異様な光景、と呼べるのだろう。

そこに在るべきではないものが当然のようにして在る、という意味では先刻の槍使いの姿と同じであるものの、伴う気配は別のものだ。先刻のあれが近付くものを寸断する攻撃的な異様であるなら、これは、何だ。

何と表現すべきか。

少なくとも、この瞬間のセイバーには喩《たと》える言葉が見つからない。

指定の場所である『ここ』へと辿《たど》り着き、少女の、満面の笑みを見つめ返して。

「愛歌《まなか》」

短く、少女の名前を呼ぶ。

沙条《さじょう》愛歌。

サーヴァントとしての彼の主人。魔術師。

共に聖杯を得るために聖杯戦争へと挑む、唯一無二のマスター。

愛歌は、屋上の一角に広げられた屋外用の敷布《キャンプシート》の上にちょこんと座って、こちらが来るのを待っていたと思われる。彼女の隣には、大きなバスケットと携帯用の保温ポット。

「約束の時間ぴったり。すごいわ、セイバー」

保温ポットから、湯気の立つ紅茶をカップに注ぎながら。

「ちょうど、わたしも準備ができたところ。ほら、座って？」

輝く、満面の笑みでそうこちらへと声をかけてくる。まるで、休日の一日をたっぷり遊ぼうと決めて、大きな公園へデートをしに来た年頃の少女であるかのように。

否。愛歌にとってはそういった感慨であるのかも知れない。

敷布を広げて。こうして、熱い飲み物を手渡して。

「あなたを外に出して、危ない目に遭わせるのなんて、絶対に反対だったけど」僅かに首を傾げながら、微笑んで。「でも。こんなに待ち合わせが楽しいものだと知ってしまったら、怖いわ」

「怖い？」

「だって、何度だってまた出掛けたくなってしまいそうだから」

「……それは困るな」

嘘偽らざる感想を返す。

夜の寒さに震える我が身ではないものの、熱い紅茶は心地良い。一口含んで喉を潤しながら、我が主人《マスター》のあまりに無謀な言葉を、如何にして諫《いさ》めるべきかを静かに考える。すぐには言葉が出て来ない。可憐《かれん》にして愛らしい主人には、こちらからの言葉が必ずしも届くとは限らないことは、先日、身を以て知ったばかりなのだから。

と——

夕食がまだだったものね、と、愛歌は傍らのバスケットを開けて、用意していた食事を広げていく。多くの具材を挟んだパンに、ライスを丸めて塩で味付けしたものに——

「サンドイッチとおにぎり、どっちがお好みかしら」

正直なところを言えばどちらも口にしたことがない。

現代に於《お》ける料理なのだろう。故郷では、聞いたことも見たこともない。

「サンドイッチ伯爵というのは知ってる？　ブリテンの、未来の……ううん、今から見るなら過去なのだけど、そこの貴族が作ったんですって。伯爵さま、食事の時間を惜しんで遊び《ゲーム》を楽しみたいから思い付いた、とか、変わったひとね」微笑みながら、愛歌はパンをそっと差し出して。「だから、これはね。戦争《ゲーム》の最中にふさわしい食事なの」

「成る程」

手渡されたものにかぶりつく。旨《うま》い。

こんがりと表裏を焼いたトーストで具を挟んだものだった。ローストチキンとチーズをレタスやトマトといった生野菜で挟んで、それを更にトーストで挟むといった具合。汁気の多い新鮮なトマトが、肉やチーズにとても合う。実に、合うものだと感じられる。

かつて彼の生きた時代では、生野菜はきわめて貴重なものだった。

けれど、西暦一九九一年のこの都市では、誰もが口にできるのだという。

「……おいしい？」

「ああ」食べながら、頷《うなず》く。

伯爵の名などは付いていなかったものの、パンに具を挟んで食べるという習慣自体はローマの昔からあって、ブリテンにも伝わってはいたものだから。セイバーは素直に頷いてみせる。こういう風に食すパンは、以前から――

「好きだよ」

以前から。好きだった。

嘘偽らざる言葉だった。彼は、王であると同時に自らを騎士であると述べて憚《はばか》らないセイバーは、滅多に嘘を口にはしない。だから今も、ただただ事実を述べる。

「い……今のは……」愛歌が何か、狼狽《うろた》えている？

「ん」もぐもぐ。サンドイッチを頬張りながら彼女を見る。

「い、今のは、さすがに」愛歌の頬が赤みを帯びている。

「ん」もぐもぐ。次はあのライスを丸めたものを食べようと思いつつ。

「自意識過剰かしらと、ちょっと、思うんだけど」

やはり、愛歌の頬は赤い。

これくらいのほうが良い。そう、彼は思う。

例えば先刻、今夜の『作戦』を父君へ告げた時のような冷酷な素振りは、この年頃の少女にはあまりに似合わない。これぐらいが良い。可憐な頬に、健康的な赤みが差して、花の明るさと妖精の輝きを湛《たた》えるほうが彼女には余程似合っている。

「ずるいわ。セイバー」

そう言って、拗《す》ねるように頬を膨らませて。

愛歌は唇を尖《とが》らせる。


──愛らしい少女。そう、心の底よりセイバーは思う。


であればこそ、聖杯戦争の苛烈《かれつ》さに身を投じることの危うさを思わざるを得ない。

たとえば今現在、この瞬間もそうだ。

聖杯戦争は既に始まっているのだ。史上初の大規模な魔術闘争。神秘を操る魔術師たちによる殺し合い、強大にして物理法則さえ従属させる英霊による殺し合いが。であるのに、こうも平然とひとりで外に出てみせる、等と。この行為はあまりに危うい。

何より、サーヴァントであるこの自分に対して過保護過ぎる。

愛歌は最後まで、セイバーを外に出すことに反対していた。

先日、聖杯戦争に於ける戦略・戦術性の肝要さ、サーヴァントはあらゆる行動の基幹となる戦闘力であること等を説く父君についぞ折れなかった愛歌は、セイバーを危険に晒《さら》すことを拒絶し、頑としてこう言ってみせた。

『わたしがひとりでなんとかするわ』

それで、生き残れる訳がない。

一般的な魔術師であれば、半日も生き存《なが》えられないだろう。

けれど。彼女は、特別だった。

『そうだ』

『いいこと思い付いたわ、セイバー！』

そう言って笑った愛歌は、突然、一転して今夜の哨戒《しょうかい》を提案したのだった。

すなわち、深夜の都市部に於ける他マスターおよびサーヴァントへの哨戒活動。愛歌とセイバーで別々に行動し、情報収集を行い、未明にこの場所で待ち合わせる。と。

無論、彼は反対した。したが、愛歌は聞き入れなかった。

「先程、一騎のサーヴァントと遭遇したよ。恐らくは——」

サンドイッチを嚥下《えんか》して、手短に告げる。

先刻の戦闘、聖杯戦争の緒戦について。

サーヴァント階位第四位、ランサーとの遭遇。数合を打ち合った後、彼女は何かを服用した直後にあっさりと撤退した。取り出された小瓶が宝具であったかどうかは不明。

「ふうん」

愛歌は興味なげに頷くのみ。

自分と離れてマスターが単独行動をすべきではない、逆の立場であればきみは危険に晒されていた、とセイバーはやんわり愛歌を諫めようとするものの、彼女は平然と――

「ふふ、心配してくれるのね」

「当然のことだよ」

「心配性ね、セイバー。ううん、優しいのかしら。でも安心して。誰かがわたしに近付いてきたらすぐにわかるもの」

なんでもないのよ、と小さく言って笑ってみせる。

確かに、この建築物に魔術による結界が張られているのはわかる。魔術に聡《さと》くはない彼ではあるけれど、サーヴァントは魔力に依《よ》って立つ存在であるからには、場の魔力を感じることは難しくない。此処には結界が在る。それも、一朝一夕で編み上げられるような簡素なものではない。七枚羽を有する第一位の魔術師に相応しい、強力な結界だ。

一般人や並の魔術師であれば、屋上どころか二階へ上がることも出来はすまい。

けれど、対するサーヴァントはいずれも強力な英霊。

現代の魔術師の結界がどこまで通じるものか。

何より、結界の存在は「そこに魔術師がいる」と知らしめているようなもの。

事実、ランサーが姿を見せたのも、愛歌がこのビルに張った結界の存在を彼女のマスタ《ランサー》ーである魔術師が感知したが故なのだろう。

「いいや、危険だ。たとえば……そう、アサシンのサーヴァントであれば」

「アサシンのことなら大丈夫。さっき、手は打ったから」

「ん」手を打った？

「やっつけた訳じゃないけど。でも、もう、敵じゃないわ」

「敵じゃない、とは。どういう意味だい」

「何とかしたの」

さらり、と——

咲き誇る花の輝きのままの表情で言ってのける。

瞬間、セイバーは言葉を脳裏で反芻《はんすう》する。

英霊たるサーヴァントを、魔術師ひとりで？

今夜、サーヴァント特有の気配は感じなかった。聖杯のもたらす前提知識は、そう、セイバーの頭脳にサーヴァント戦に於ける常識さえ刷り込んで来る。ランサーと相対した時に感じたような独特の圧力、あれがサーヴァント特有の気配であるのなら、今夜のビル街にランサー以外の英霊の存在は感知しなかったと胸を張って言える。無論、その気配を自らの意思で消すことを可能とする『気配遮断』のスキルを有するアサシンであれば密《ひそ》かに接近することは可能だ。彼自身も、それを危惧《きぐ》した。

だが、サーヴァントと一対一で遭遇して、魔術師が無事でいる等と。

俄《にわか》に信じられるものではない。

それでも——

「ここは安全よ。周囲三キロメートル以内には魔術師もサーヴァントもいないわ」

愛歌の瞳と言葉に、嘘は、感じない。

澄んだ瞳だった。

澄んだ声だった。

その笑顔には、愛らしさと、可憐さと、そして。

「ね、セイバー」

ある種の熱とが、在って——

「わたしひとりでサーヴァントを一騎、何とかしたのだから」

妖精の輝きだった。

花の明るさだった。

けれど、妖精も、花も、こうも接近して来るものだったろうか。

距離が。近い。

気付けば、セイバーのすぐ目前には少女のほんのりと赤らんだ頬があった。

「ご褒美——」

期待に満ちた声で、愛歌はそう言ってみせる。

静かに。視線をこちらへ向けたまま。


「ず、ずるいわ。ずるいわ。こんな……」

小声で、愛歌がもごもごと何かを口にし続けている。

反応からすると『ご褒美』はあれで問題なかったのか、どうか。

肩に手を置いて迫る愛歌に対して、セイバーが選んだ行動は口付《キス》けだった。

キス。

ささやかに、額への。

「その、わたしだって、いきなり唇と唇、なんて、早すぎるかしらって思ったわ、思ったけど、でも額、ううん嬉《うれ》しいわ、触れてくれて嬉しい、けど、でも、でもえっと」

照れて、喜んで。真っ赤になって狼狽える少女。
小さな淑女の様子としては、この上なく微笑ましく映る。
それは、とても、年相応の仕草に見えたから。

――この子は、純粋であるのだろう。
――それだけは間違いがない。

とある色を彼は思う。
それは、白だ。
未だ何も描かれていない無垢《むく》たる、白。穢《けが》されざる白――
もしくは。
万象の何もかもを塗り潰《つぶ》す、絶対の白か。

Little Lady ACT-4

「ねえねえ、知ってる？　あの噂」

「知ってる知ってる、あれでしょう、メアリーさんの」

「そうそう。メアリーさん」

「塾でもそっくり同じ話、聞いちゃった。よその学校でも噂になってるって」

「東京だよね。うん、メアリーさんの噂があるのって東京だけらしいよ」

「そうなんだ」

「本当の話なんだよ、東京で起きてるんだって」

「でも、テレビでやってないよね」

「テレビでやってないだけだよ」


何の話をしているんだろう。

噂。東京だけ。メアリー。メアリーさん？

沙条綾香《さじょうあやか》には、よくわからない話題だった。

給食のコッペパンを両手で抱えて、はむ、とかじりながら、机を並べてぴったりくっつけたクラスメイトの女子ふたりの話をぼんやり聞いて。

今日の献立はコッペパンと濃い色のシチュー、それに生野菜のサラダ。

いつものコッペパン。いつもの味。

本当は揚げパンが好きなのだけれど、毎日出て来るものではないから特別それを不満に思ったりはしない。ただ、あ、ちょっと残念、と思うだけ。

でも、今日はママレードのジャムが付いていたから少し嬉《うれ》しい。プラスチック製の小さな容器をパキッと割って、中身を押し出して、少しずつパンに付けて食べる。マーガリンよりはママレードのほうが好きだった。甘いのは嫌いじゃない。

一口。パンをかじる。

甘くて苦いママレードのお陰で、いつもと違う味。

嫌いじゃない。好きの部類。

「名前、聞いてる？」

「名前って」

「メアリーさんの名前。ううん、メアリーさんのっていうか、噂の名前かな」

「知らない知らない。なに？」

「いつも、午後十一時に声掛けてくるらしいよね」

「うん」

「で、必ず相手は死んじゃう」

「うん」

「だから、午後十一時にやって来る死のメアリー《デス・メアリー》、って」

午後十一時。

死のメアリー。

物騒な話が聞こえて来たような気がする。

(なんだろう)

話をしているのは、いつも昼休みの時間中にお喋《しゃべ》りをしているふたり。よくテレビを観ているらしい子と、隣駅にある進学塾に週三日も通っているらしい子。学校の外で放課後に遊んだりしたことはないから、どちらも、正確にどうなのかはわからない。別に、ふたりが嘘を吐いているとは思わないけれど。

ふたりは、噂について話しているようだった。

誰かの話を聞くことには慣れていたから、はむ、ともう一口パンを口に含みつつ、よく嚙《か》みつつ、話を聞いてみる。今からでも理解できる？　最初のほうはママレードを慎重に容器から出すことに集中していたせいで、ちゃんと聞けていなかった。

午後十一時の死のメアリー。

後追いで、ちゃんと意識して聞いてみる。

自分から尋ねたりはしない。どうせ、口を開いて何かを言っても、テレビもあまり観てはいないし、塾に通ってもいない、かろうじて少女漫画誌を月に一冊買って貰《もら》う程度の自分では、同じ年頃の小学生女子の世間話にはうまく混ざれないだろうな、と普段からうっすら感じてはいて。

だから、口は食事だけに使って。もぐもぐ。

ただ、耳だけ傾けて情報を聞き取る。

（んー）

それは、噂だった。

大人にそっと声を掛ける外国人の少女。

（女の子）

それは、夜だった。

夜遅くの街中に少女は姿を現して。

（夜？）

それは、死だった。

名前の通りに必ず死をもたらして。

(……死ぬ。殺すの?)

やはり物騒な話だった。噂だった。

友達の友達が、とか、友達の友達のお父さんが、とか、友達の友達のお父さんの仕事先のひとが、とか。そういう、直接見たり知ったりした訳ではない誰かから、漠然と、けれども見てきたように具体的にもたらされる、不思議な話。

こういうものは前にも聞いたことがある。

すぐに思い出せる。

例えば去年、二学期頃に教室で流行した人の顔をした犬とか。

あれと同じ話。子供同士が囁《ささや》く、暗がりの噂。

学校の怪談。学校の七不思議、とか。

あれと同じなのかな、と綾香はぼんやり思う。階段の段数が多いとか少ないとか、理科準備室の人体模型がひとりでに歩くとか、音楽室の音楽家の肖像画が目を動かすとか、トイレにいる女の子とか、そういうもの。学校が関係ないものであれば、口の裂けた女のひと、紫色をした鏡、耳たぶから出た白い糸、赤い紙と青い紙、それに——

(コックリさん、だっけ)

ウィジャ盤を模したらしい五十音が記された紙の上に五円玉を乗せて、降霊術の真似事をするようなものもあったと思う。綾香ちゃんもやろうよ、と春頃の昼休みに誘われた時には、まさかこの子たちも魔術師の家系なのかなと目を丸くしたものの、何のことはない、他愛ない、ただのお遊戯だった。

好きなひとは誰か、とか。

嫌いなひと、嫌いなもの、怖いもの、そういうものを口々に尋ねて。

魔術の類《たぐい》は発動せず、ただ、指を置いた数人のうちの誰かが五円玉を引っ張るだけ。

そういえば、あの時、誘ってきたのはこのふたりだった。

お喋りが好きなふたり。

とても、怖がりなふたり。

「みんな死んでるんだ……」

「そうだよ。会ったひとは、みんな。ひとりも助からなかったって」

「やだ、怖い」

ほら。怖いって、言った。

「鏡を見たひとも死んじゃうらしいよ。触ると死んじゃう、だったかな」

「えっ、そうなの」

「そうだよ。だから、警察のひとも沢山死んじゃってるって」

「怖いね……」

不気味だとは思う。

噂の内容は、確かに、ひどく物騒で恐ろしげなものだった。

夜遅くに仕事から帰ってくる成人男性に声を掛けて、外国人の〝メアリーさん〟がホテルへ入っていく。翌朝、少女メアリーの姿は消えていて、鏡には英語で、

『死の世界にようこそ《Welcome to the world of death》！』


と、真っ赤な口紅で書かれた文章がひとつきり。

エクスクラメーション・マークの隣には、同じく赤色でキスマーク。

男性はベッドの上で死んでいる。

原因は不明。怪我もしていないのに、どういう理由か死んでいる。

ニュースにもなっている、とのこと。

彼女に狙われるのは大人の男のひとばかりで、ひとりも女のひとはおらず、塾に通っている子の話では隣町の友達のお父さんもそうして死んでしまった。とか。

（ぜんぜん学校の怪談じゃない）

学校の怪談というか、大人の怪談。

深夜の街を歩いて帰宅するお父さんたちにとっての怪談。

人の顔をした犬に比べれば、現実味を感じる話ではあると思う。でも、去年の時と同じで、少しも怖いとは思わない。不気味には思うし、そもそも〝メアリーさん〟が何を考えているのか、何をしたのか、さっぱりわからないから怖いと言えば怖いと言えなくもないだろうけれど、やっぱり、怖さを実感することはなかった。

綾香は、もう、知っているから。

神秘にまで昇華された噂話であれば力を備えることもあるだろうけれど。

子供たちの間で語られる噂程度では、何もかもが足りない。

少なくとも、父は、人面犬の神秘が実在するとは言わなかった。

それに――

(わたしのお父さんは平気、だもの)

瓶入りの牛乳《ミルク》を飲みながら、静かに考える。

家にいることが多くて、出掛けて夜遅くに帰ることもあまりないから。大丈夫。

そして、もしも、件《くだん》の〝メアリーさん〟が小学生女子の間で囁かれる神秘もどきの噂止まりではなくて、実在する殺人者であったとしても。

どういうこともない。

だから、怖くない。去年と同じ。

クラスメイトの誰にも言えないけれど。

——父は、魔術師だから。

——本物の神秘を扱うことのできるひとだから。


怪談、なんて。

本物の幻想種ならまだしも、噂話なんかに負けたりしない。

「うん」

小さく呟《つぶや》いて。

綾香は、また、パンを一口かじる。


想像された獣。

古き伝説の中でのみ語られる存在。

我々はこれらを指して『幻想種』と呼称する。

既知の生命に類しない、神秘そのものがかたちと化したこれらの存在は、魔獣、幻獣、神獣の位階によって区分される。

魔獣程度の存在であるならば魔術師が使役することも有り得る。

死体の一部を魔術礼装として使用する例もある。


幻獣以上の存在であれば、どちらも不可能だ。

まず現代で目にする機会はない。


サーヴァントは、この常識を容易《たやす》く破壊する。


彼らは魔術の神秘を超える。

彼らはひとの夢見る幻想を従える。

すなわち、彼らは、時に、幻獣以上の存在さえ使役し得る。


聖杯戦争に於《お》いて、我々は、サーヴァントを通じて伝説の神秘を行使する。

故にこそ、ゆめ忘れるな。

秘匿せよ。

隠蔽《いんぺい》せよ。

神秘の漏洩《ろうえい》は魔術師の禁である。

聖杯戦争は、暗がりで行われねばならない。


（古びた一冊のノートより抜粋）


放課後——

家に帰り着く頃には、すっかり陽が傾いていた。

陽が暮れるのがこんなに早いのは、きっと、季節のせい。吐く息、朝と同じくらいに白くなり始めているのが良い証拠。くっきりと目に見える。

少し、寒い。

綾香は両手に「はぁ」と息を吹き掛ける。

こんなことなら、手袋を持ってくれば良かったと思いつつ。

「さむ」

門の前で立ち止まる。

こうして見ると、確かに、それなりに大きな家には見える。

近くに住んでいるクラスメイトは「お屋敷」と呼んでいて、その言葉にはやはりぴんと来ないのだけれど、大きさで言えばよそより少しは大きいのかなと思う。それでも、中の構造がどうなっているのか、入れない部屋以外のことは殆《ほとん》どわかるせいか、お屋敷だなんて大袈裟《おおげさ》には感じない。

少し大きめの、我が家。

洋館、と家庭訪問の折に担任の先生が言っていた。

門の向こうには西洋建築式の玄関と前庭の木々が見える。

門。鍵《かぎ》は掛かっていないけれど、普通に手で押したりしただけでは中に入れない。

結界を張っているのだと父は言っていて、理由も、教えて貰っている。

何か、大がかりな〝魔術の儀式〟に参加するから、とか。小学校へ行くこと自体は構わない、お前はそうしなさいと言ってくれたものの、外に出る時と中へ入る時は注意をするようにときつく言われている。

言われた通りの手順を踏む。

周囲に誰もいないことを確認してから、言葉を幾つか。

それから、門の取っ手近くの金具に、教わった通りのかたちを指でなぞる。まだ巧くできてはいないものの、魔力を込めて。そう、巧くできない。だから、ほんの数秒で事足りるはずの行為に五分以上も時間がかかってしまった。

「昨日より、短くできたかな」

呟きながら、門を押す。

まるで一枚の壁のように堅牢《けんろう》だった門が、するりと開いてくれる。

後はもう、普通の家と同じ。

門をくぐってから、きちんと閉じて。

「ただいま」

小さく、呟く。

この時間であれば父も姉も居間などにはいなくて、大抵は、入れない部屋、綾香が入ってはいけない部屋のいずれかで何かをしていることが殆どで、声を掛けても顔を出してくれたりすることはないから、あまり意味はないことはわかっている。

それでも、一応。言っておく。

毎日の習慣。

自分が帰ってきた時には、ただいま。

誰かが帰ってきた時には、おかえり。

「おかえり」

誰もいないから、今日も、自分で言っておく。

前庭を進んで、玄関の扉を開いて――

「？」

なんだかいい匂いがする？

自然に数日前の早朝のことを思い出して、もしかして、と気がはやる。小麦粉の焼ける香ばしいこの匂いは、昨日にも嗅《か》いだはずのものだったから、それならきっと厨房《キッチン》に行けば、会えるのかも知れない。今朝には会えなかったひと。そう、今日の朝は、日課もひとりで、食事の時にもひとりだった。

ランドセルを背負ったまま玄関ホールを抜けて、廊下を歩いて厨房へ。

すると、そこには――

「あら、おかえりなさい。綾香」

綺麗《きれい》な声。

綺麗な顔。

夕方なのに。もう、暗いのに、きらきらと眩《まぶ》しくて。

姉の愛歌《まなか》が、エプロンを纏《まと》った姿で微笑んでいた。


「お姉ちゃん、なに作ってるの？」

「ふふ。何だと思う？」

「ケーキかな。いい匂いするから」

「あら、惜しい。でも、それじゃあ半分だけの正解ね」

そう言って、笑う姿がとっても綺麗。

愛歌お姉ちゃん。

何日か前の朝に見たのと同じ、お城にいるお姫さまのドレスみたいなエプロン姿で、ほら、今日もくるくる踊るみたいにして。

ずっと前にお父さんに見せて貰った、お母さんが好きだったアニメ映画みたい。

歌いながら踊るお姫さま。

綺麗なひと。

まるで、あの映画の中にいるみたい。

わたしの目は目じゃなくて、きっと、映画を映すカメラか何かで。

お姉ちゃんを映してる。

そんな風に思って、ぽかんとしてしまう。

「なあに、そんなに目を丸くして。お口も開いてるわ、綾香」

「あ」

白い指先、触れるか触れないかの距離にあって。

でも、触れない。

ぎりぎり寸前。

「お姉ちゃん、綺麗だから。お姫さまみたい」

「そうかしら」

「うん」本当に。そう思う。

「ブリテンのお姫さまに見える？」

「ぶりてん？」

「ふふ。ううん、本当にそういう風に見えるなら、それは嬉しいのだけど」

数日前の朝と同じに、お姉ちゃんは笑ってる。

きらきらしてる。

眩しくて、輝くみたい。

もう夕方で、朝陽なんてなくて、夕陽だって落ちかけているのに。

エプロン姿で楽しそうにお料理をしながら、厨房をくるくる。きらきら。でも、ちゃんと手は動いていて、てきぱき、効率良く。手際よく。

今日はキッチンナイフは持っていないけど、代わりに、色んなはかりを手に持って。

何を作ってるんだろう。

ケーキで半分正解なら、残り半分は何？

尋ねかけて、わたしは自分の格好に気が付いて。まだ、ランドセルを背負ったままだったし、それに、まだ手も洗ってない。慌てて洗面所へ行って、自分用の台を置いてから、冷たい水で手を洗って、うがいもして。ランドセルは廊下に置いて。

改めて、厨房へ——


「お姉ちゃん。えっと」

お手伝い、と言うかどうかちょっと迷う。

さっきは躊躇《ちゅうちょ》なく入れた厨房の入口で、立ち止まって。

何でもできるお姉ちゃんと違って、わたしは何でも——魔術も、お勉強も、家事のお手伝いも——普通か、それより下なのはわかっていて、だから、わたしが手伝うよりもお姉ちゃんひとりのほうがいいのかも知れない。

そう思って。

もごもご。

そうしたら、お姉ちゃんは自分の手元へ向いたまま、一言。

「お手伝い。してくれる？」

柔らかい声だった。

こっちを見ていないお姉ちゃんがどんな顔をしてるのか、わからなかったけど。

きっと、笑顔のままだと思う。

きっと、さっきと同じ顔をしてくれてる。

長いこと見ていなかったお姉ちゃんの笑う顔、こんな風に想像するだなんて、あの時の朝まで思ってもみなかった。

わたしは「うん」と大きく頷いて。

「それじゃあ、そこの棚にある瓶を取ってくれるかしら」

「え、えっと」

「ベーキングパウダーね」

「あっ、うん。あったよ、お姉ちゃん」

「それと、冷蔵庫から卵も取ってね。ふたつ、大きめのを選んで頂戴《ちょうだい》」

「う、うん」

「ふふ。割らないようにね。そうしたら、そこのテーブルの上をちょっと片付けて」


もしかして。

ううん、もしかしなくても、多分そう。

お皿を出したりするだけじゃなくて、お姉ちゃんのお料理のお手伝いをするのって、今日の、これが初めて。ひとりでオーブンに触らないように、とお父さんには言われているけど、お姉ちゃんと一緒なら話は別で、でも、ずっとそんな機会はなくて。

わたし――

初めてお姉ちゃんを手伝ってる。

そうわかると、何だか余計に緊張してしまう。

だって、お姉ちゃんには、きっと本当はお手伝いなんて要らないのだから。

「え、えっと、卵、な、何個だっけ……」

「ふたつね。いいのよ、割ってしまったら割ってしまったでその時なのだし、卵だってまだ幾つもあるから気にしないで」

「う、うん」

「他のものもね、控えは幾つも用意してあるから」

「うんっ」

「ふふ。声、震えてる。綾香は卵を運ぶのが苦手なのかしら？」

「う、ううん」

もたもたしてる。

わたし、すごい、もたもたしてる。

でも、愛歌お姉ちゃんはちらりと見ただけで特に怒ったりはしなかった。

顔はやっぱり見えなかったけど、笑う声は聞こえて。

「はい、卵っ」

「ありがとう。ちゃんと運べたわね、偉いわ」

「う、ううん」卵を幾つか運ぶだけでこんなになるなんて、ちょっと、自分が情けなく思えてしまう。自然と俯《うつむ》いて。「他には……」

「卵と言えば、そうね、綾香。あなた、目玉焼きは好き？」

「え、う、うん」

「サニーサイドアップ？　ターンオーバー？」

「サニーのほう……」


咄嗟《とっさ》に、口から出ていた。

嘘が――

ううん。別に、嘘じゃない。

嘘じゃないもの。

本当に好きなのは両面焼き《ターンオーバー》のほうだけど、でも、お父さんや、愛歌お姉ちゃんが作ってくれるのは片面焼き《サニーサイドアップ》のほうで、別にそれを嫌だと思ったことはないから、嘘じゃない。

嫌いじゃない。

どっちも好きだから。

ただ、どちらが好きかを無理に言えば、というだけの話で。

「今度、ターンオーバーも作ってあげる。英国だと、ターンオーバーにすることも多いみたいなの。この前も作ったけど、まだしっくり来ないから、試作をするわ」

「う、うん」

「試しに食べてみてね」

「うん」

「ふふ。美味しいわよ」

そう言って。

また、お姉ちゃんは笑う顔を見せてくれた。

綺麗な笑顔。

きらきらして、ガーデンに咲くどんなお花よりも綺麗なお花のよう。幻想種の妖精じゃなくて、絵本の中に出て来るような可愛くて気高い妖精のよう。それに、やっぱり、お城のお姫さまみたい。

「ふふ」

あれ？

お姉ちゃん、あの時の朝と同じだけど、少し違う感じ。

楽しそうな感じだけじゃ、なくて——

何か、いいいことでもあったのかな。

そう思って。首を傾げて、お姉ちゃんの顔を下からそっと見上げてみる。

すると、お姉ちゃんは「ん？」と視線を返して。


「なあに？」

「あ、え、えっと、えと」

あたふたしてしまう。

気付かれたことにも、あたふた。

ぼんやりしていて、お手伝いがおろそかになっていたことにも、あたふた。

何かいいことあったの、と何とか言葉にするまでに何秒もかかって。

「あら、そういう風に見える？」

「うん」

「そんなに、特別、良いことじゃないのだけど」

んー、とひとさし指を唇に当てながら。

そんな仕草ひとつも、綺麗で、素敵。

「よく懐いてくる、面白い動物がいてね」

「どうぶつ?」

「ええ。動物」

そう言って、お姉ちゃんが微笑む。

わたしのほうは見ずに。

どこかを見据えながら。

なぜか――

言いようのない、ひどく冷たい、変なものを背筋にぞくり、と感じて。

わたしは、手にしていたものを落としてしまって。

卵が、幾つか割れた。

サーヴァント。
現界した英霊たち。

剣《セイバー》の英霊。
狂《バーサーカー》の英霊。
弓《アーチャー》の英霊。
槍《ランサー》の英霊。
騎《ライダー》の英霊。
術《キャスター》の英霊。
影《アサシン》の英霊。
聖杯によって七つの階梯《かいてい》に振り分けられた最強の幻想たち。

彼らはあまりに強大だ。
先述の通り。
鋼鉄を引き裂き、大地を砕き、空さえ貫く。

魔力によって仮初めの肉体を構成された彼らは、正しく生物ではない。
人間に酷似した外観を有していても人間ではない。生物を、人間を遥《はる》かに超える強靭《きょうじん》さと破壊力を秘めて、彼らは伝説のままに現界する。

だが、彼らもまた万能の存在ではない。

魔力によって存在を成し、同じく魔力によって稼働する彼らは、マスターとなる魔術師からの魔力供給によって初めて現界を許される。正確には、人間の魔術師程度のもたらす微量の魔力だけが彼らの糧ではないが、端的な表現としては間違いではない。

魔力なくして彼らは存在し得ず。
すなわち、マスターなくして彼らは存在し得ない。

ただ、例外として——

（古びた一冊のノートより抜粋）

午後十一時。

東京都新宿区、西新宿に位置する超高層ビル街の一角。

新都心として知られるコンクリートの街並みの傍らに姿を見せるそれは、緑の木々が茂る場所だった。新宿中央公園。新宿区有数の大型緑地のひとつ。昼間であれば、高層ビルで働くビジネスマンたちが一時の憩いに木陰で紫煙をくゆらせる姿を見ることもできるだろうが、この時刻では普通、人気《ひとけ》は殆ど失われている。

此処《ここ》が完全な無人となることは滅多にない。

夜には、木々の投げ掛ける暗がりで夜気の冷たさに耐えて眠るホームレスたちがいる。

数少ない人の気配の正体が、彼らだ。

けれど、その時、その場所には誰の気配もなかった。

ホームレスたちは姿を消していた。

理由を、ここでは語るまい。

ただ、彼らは消えていた。

代わりに、ただひとつの人影があった。

すらりとした肢体だった。

夜のもたらす黒に似合う姿だった。

それは、年若い娘の姿をしていた――

瑞々しく、しなやかな女の体だった。

頭部こそ厚い頭巾《フード》で覆ってはいるが、肢体を覆う黒衣は体にぴったりと貼り付いて、均整の取れた褐色の肢体をありありと見せている。年の頃は十代の後半か。

一見すれば若さに満ちた張りのある肢体と捉えられるだろうが、刃を以《もっ》て命を懸ける武に触れる者の目であれば、意図的なまでの女らしさに満ちた肉体が戦うために鍛え抜かれていることを見て取るだろう。

女は、戦士だった。

正確には、暗がりで命を奪うことを定められた者だった。

月明かりが女の貌《かお》を照らす。

髑髏《どくろ》が貼り付いていた。

耳から顎《あご》、首元のラインから覗《うかが》える容貌《ようぼう》には幾らかの美しさが在るものの、目元から鼻にかけては象徴的な髑髏の仮面で覆われていて、正確な貌は把握できない。

女はゆっくりと歩みを進めていく。

深夜の新宿中央公園、オンタリオ湖へと流れ落ちる瀑布《ばくふ》の名を称された壮麗な噴水の前まで歩むと、女は恭しく頭《こうべ》を垂れる。

「ふふ。そんなに怯《おび》えなくてもいいのに」

声が響く。

少女の唇から紡がれた声だった。

女の前に、少女。

直前までは誰の姿もなかったはずなのに。

確かに、何者もいなかったはずの空間に少女は姿を現していた。

音も、気配の一切もなく。

まるで、時間の心臓を止めて、空間の肉を引き裂いて転移したかの如く。

「どうだったかしら。割と、あなた、大きなことを言っていたと思うのだけれど」

「はい」

「何か、言うことはある？」

「いいえ、はい」

「言いなさい」

「すべては我が無力、我が無能」

少女へ、女は頭を上げずに言葉を告げる。

月光を頭上に、噴水を背にした少女の姿を目にすることはない。そうする資格が自分如きにはない、と十二分に理解しての姿勢だった。

絶対の主人へと女はすべてを捧《ささ》げていた。

差し出す首は、いつでも、貴女《あなた》へ命を捧げようという意思の顕れだった。

「最早《もはや》、我が首、この場で刎《は》ねて戴《いただ》きたく」

「うーん？」

「愛歌さま」

「いいのよ、最初からわかっていたから。キャスターの作った〝陣地〟は強力だもの。マスターのところまで行くなんて」少女は薄く笑って「あなたには難しいわよね。あなた、可愛いけれど、正面突破はちょっと難しいでしょう。それより」

少女は笑ったまま言葉を続ける。

薄い笑みが、正真正銘の笑顔へと変わる。

理由は推測できるし、理解することも女には容易だった。

それより、と話し始めた少女の唇からもたらされる言葉は、件の彼《セイバー》についての話題だったから。彼女の安らぎ、悦《よろこ》び、愉《たの》しみはこの我が身にはなく、彼だけがそれを有するということを女は既に認識していた。

嫉妬《しっと》はすまい。

女は、ただ、言葉に耳を傾ける。

こうして言葉を掛けられるだけでも、この、天の遣いさえかくやと思わせる響きを耳にできるだけで、我が身には過ぎたる誉れなのだから。

「……それでね。スコーンを作ったの。今度は、うまく焼けたと思うのだけど、彼ったら沢山食べてくれる割に、味への感想は素っ気ないのよね。美味《おい》しいよ、好きだよ、って、そればっかり。嬉しいけど、嬉しいけど、それって」頬を膨らませるさまの愛らしさは女型の妖霊《ジン》さえ敵うまい。「変化がない《ワンパターン》、というのはあまり良いものじゃないと思うの。勿論《もちろん》、何を言ってくれても、わたしは嬉しいけれど」

「はい」

「わたしと彼は、これからずっと一緒にいることになるでしょう？」

「はい」

「それなら、変化というのは永遠を飽きさせないためのスパイスになると思うの」

きっと、自分もそうなのだろうと女は静かに想う。

口を開けば、こうして想いが溢《あふ》れ出る。

少女はそれを憚《はばか》ることなく唇から紡いでいて、自分は唇を閉ざしているだけの違いに過ぎない。本質的には変わりがない。相手が誰でも、例えば、人形が相手でも構わない行為。

ただ、自分の想いを口にしているだけで。

それでも——
「ところであなた、魔力は足りているの？」
ふと、少女が尋ねる。
腹を空かせた痩《や》せ犬に、腹が空いているか、と尋ねるように。
女は、唇を開きかけて。
けれど、言葉にはせずに、無言のままで手にしたものを差し出す。

口紅だった。
既に、すべてが使い切られた真紅の口紅。

魔力なくして彼らは存在し得ず。
すなわち、マスターなくして彼らは存在し得ない。

ただ、例外として——

人間の魂。

是《これ》を〝摂食〟することで魔力を補充することも可能ではある。

魔術師は人倫に縛られる存在ではない。

故に、魂の〝摂食〟は必ずしも禁ではない。

しかし、過剰に行えば神秘の漏洩を容易に招くだろう。

心せよ。


（古びた一冊のノートより抜粋）


「平気みたいね。ふふ」

口紅を受け取って。

少女は、今度こそ傅《かしず》く女へと微笑みかける。

「偉いわ、自分でちゃんと餌を取ってこれるんだもの」

よしよし、と、儚《はかな》いまでに白い指先が優しげに女を撫でてくる。

フードを外して、髪を。頭を。

女の体が揺れた。いや、震えていた。

寒気ではない。

恐れではない。

喜び。悦び。触れられることへの感激が、そうさせる。

爪はおろか肌や体液、吐息さえも〝死〟で構成されるに至った我が身に、今や宝具とさえ呼べるこの全身に、こうも容易く触れて。

死なず、倒れず、それどころか苦悶《くもん》の様子さえない、少女。

沙条愛歌という名で生まれ落ちた、万象を従える奇跡そのもの。もしも運命なるものが世界に有り得るのならば、遙か過去に死した自分がこうして仮初めの存在を得た先で彼女に会えたことこそ、それに違いない。

女は確信していた。

輝きの少女。

ただひとり、絶対の黒を約束された夜を引き裂いて浮かぶ月の明かりが如き。

我があるじ、我がすべて、初めて得ることのできたすがる相手。

女は震えてしまう。

ただひとりの主人《マスター》と自ら定めた、少女の指先に触れられて。

「偉い、偉い」

――こうして、撫《な》でて貰えるだけで。

「偉いわ、あなた」

――滾《たぎ》る。全身が、熱くなる。

「偉くて、綺麗。それにとっても可愛いのだもの」

――過日。池袋で出会った夜から、ずっと。

「あなたには期待してるの」

――自分は、この輝きにこそ恭順している。

「だから、もう少しだけ頑張りなさい。アサシン」

少女は微笑む。
星明かりと月明かりを浴びながら。
輝き、眩《まばゆ》さ、そのままに——

Little Lady ACT-5

──雫《しずく》、雫、雫。

──傾けたジョウロから幾つもの水滴が降り注ぐ。

手にした重みがすっと軽くなっていく。

鬱蒼《うっそう》と茂るガーデンの緑の根元、土に水が染み込む。

沙条綾香《さじょうあやか》は手元と地面とを見つめながら、小さく息を吐く。白い息。もう陽は真上に昇りかけているのに、空気は冷たかった。傍らのガラス壁から差し込んでくる陽の光も、それほどには暖かさを感じない。

いつもなら毎朝の日課の後に行う、植物への水やり。

今日は少し時間が遅い。

今日も、遅い。

「お勉強……」

魔術の勉強。したほうがいいのかな。

そう、僅《わず》かに考える。

考えてみても答えは出ない。

やるべきだろうと思えることは幾つかあって、いずれも勉強。魔術の勉強、学校の勉強。

どちらも共に必要なものだと父は普段から言っていて、綾香もそうなのだろうと漠然と受け止めてはいて。

魔術の家系なのだから、魔術の勉強をするのは当然。

現代の人間なのだから、学校の勉強をするのも当然。

どちらも必要。どちらも当然。

たとえ先生がいなくても――


「……」

ちらり、と周囲へ視線を巡らせる。

足下から少しだけ離れた位置でうろついている数羽の鳩。遠慮がちな鳴き声を喉元からくるくると響かせながら、こちらの様子を窺《うかが》っている。様子。窺う。本当に？　気のせいかも知れないけれど、鳩たちは自分の動作や言葉に何かを期待している気がする。

「だめだよ」

小声で呟《つぶや》く。

「餌、もうあげたでしょ」

返答は幾つかの鳴き声と動作。

知らないよ、貰《もら》っていないよとでも言うみたいに、首を傾げたりして。

ふぅ、と綾香は息を吐く。言い付けを破って声を掛けたのに、返ってくる反応がこれで

は何だか莫迦《ばか》みたい、と思わなくもない。やっぱり声なんて掛けなければ良かった。

「もう」

嬶ではなく、自分へ向けて溜息《ためいき》を吐いて。

片手で持てるほどに軽くなったジョウロを、油断なく両手で抱える。

あんな失敗は二度としない。昨日、ガーデンに茂る緑の木々や花へ水をやって、中身が減れば減るほどに軽くなるジョウロをただ漫然と持っていたら、重さのバランスがその都度変わることに気付かずに、うっかり手を離してしまって。全身で冷たい水を浴びることになった。しかも、一度ならず、三度。

要領の良いほうではない——というか、もしかしたら、と感じていた予感は的中。

きっと、自分は不器用なのだ。

そうでないとしたら、昨日はとんでもないほど不注意に過ぎた。

だから、今日はもう失敗しない。

不器用にせよ不注意にせよ、失敗には学ばないといけない。いつも、父からそう聞かされている。失敗は成長の良い機会なのだと意識しなさい。何度そう言われただろう。何度、はい、と頷《うなず》いただろう。

油断しない。両手でジョウロを抱えて、最後の一滴まで水をやって。

「うん」

頷いて、水場へと戻る。

水やりが終わったのだと勘違いした鳩たちが寄ってくるのを、あえて無視して。

ホースをジョウロの開放口へと引っかけてから、蛇口をひねる。流水が水道管を走る音と、ジョウロの中へと注がれていく音が響く。そこに、鳩たちの囀《さえず》りが重なって。

防音がしっかりしているのか、外の音は聞こえてこない。表通りの自動車とか。

まるで、森の中みたい――

本物の森がどうなのかは知らないのに、そう、ぼんやりと思う。

森には水道も蛇口もないよね、と気付くのは少し経ってからだった。

「……今日も、いないのかな」

呟く声。

ジョウロに満ちていく水の音に掻《か》き消されてしまうほど、小さく。

「お父さん」

朝から姿を見ていない。

昨日と同じ。

「お姉ちゃん」

昨日の朝食にも姉の愛歌《まなか》は顔を見せなかった。

今朝もそう。


「大切な儀式、なんだよね」


この東京で執り行われる、大規模な魔術儀式。

それは魔術師の大願を導くという。

沙条の家のみならず、過去から現在に至るまでのすべての魔術師たちが願い、欲し、手を伸ばし続けた大いなるもの。それへと至るため、儀式は完遂されなくてはならない。

一昨日《おととい》の真夜中、寝惚《ねぼ》け眼《まなこ》でうつらうつらとする綾香へ、父は真剣な声色でそう言っていた。独り言を交えながら。

大切な儀式。

父も、姉も、それに参加している。

わたしも何かをしたほうがいいの、と問い掛けたところ、父は首を振って。

お前は儀式には関わらないが、暫《しばら》く、学校は休みなさい。

そう言って――

「お休み、いつまでかな……」

昨日、今日。

二日連続で小学校を休んでいる。

ずっと、家の中。

決して敷地の外に出てはならない、と指示されたから。

どうしてと理由を尋ねたものの、想定よりも戦況が混沌《こんとん》の体を成してきたとか、逸脱した参加者《マスター》がいるとか、アサシンを警戒せねばならないとか、玲瓏館《れいろうかん》には既に感付かれた節があるとか、よくわからない独り言を幾つか父は呟くだけで、ちゃんと綾香に答えてはくれなかった。

不思議には思ったものの、うん、と素直に綾香は父に従った。

学校を休むのは、別段、初めてのことでもない。

熱を出して寝込んでしまって欠席することはあったし、朝の日課が長引いた、というか綾香自身の手際が悪いせいで長引かせてしまった結果として学校に行けなかったことも何度かあって。その度に、父は担任の先生へ連絡をしていたから、今回もきっと、同じように連絡をしたのだと思う。日課が長引いた時のように、魔術のことは隠しつつ。

どんな風に連絡をしているのか、少し、興味はあった。

本物の発熱や風邪で休んだ時は、クラスメイトがプリントを持ってきてくれたり、何人かで連れ合ってお見舞いに来てくれることもあるものの、魔術の勉強のために休んだ時は誰も来ない。なのに、翌日に教室へ行くと、クラスメイトたちは「体、もう平気？」と声を掛けてきてくれる。熱や風邪で休んだ時と同じに。

もしかして、何かの魔術を行使している？

どうなのだろう。

よく、わからない。尋ねようにも、父はいない。

朝の日課の時間にも姿を見せなかった。昨日も、今日も。

朝食は冷蔵庫の中に用意されていたものの、昼と夜は冷凍食品を電子レンジで温めて食べなさい、と書かれたメモが食堂《ダイニング》のテーブルの上に置かれていて。昨日とそっくり同じ。

冷凍食品はあまり好きじゃない。

でも、冷凍のグラタンは少し好き。

でも、何度も食べるのは少し、嫌。

「お昼、食べたら」足下の鳩たちに話し掛けるように、独り言。「何、しようかな。テレビ観ちゃおうかな……」

教育チャンネルでやっている人形劇の番組を毎日観られるのは、嬉しいし、楽しい。

でも、クラスメイトたちに会えないのは、少しだけ寂しく思う。

父と姉に会えないことも。

学校を休むことも、父や姉が何かしらの理由で遠くへ行くことも、これまでになかった訳じゃない。特に父は仕事で何日も家を空けることも多かった。

でも、それが重なるのは珍しかった。

学校を休んで、誰もいない家にひとりきり。

いつもは日課のすぐ後に行うガーデンの水やりも、こんな風に、お昼近くまでのんびり時間をかけても怒られもしない。ひとりだから、誰にも何も言われない。


「……聖杯戦争」


ジョウロから溢《あふ》れかけた水を止めながら、ぽつり、呟く。

聖杯戦争。それは、一昨日の夜、父の独り言から聞き取っていた言葉。

大切な儀式。

魔術師の大願。

聖杯戦争。

詳しいことは知らないし、わからない。

でも、少しだけ、綾香にも感じ取れることはあった。

幾つかのこと――

例えば、姉。
愛歌お姉ちゃん。
以前よりもずっときらきらして、綺麗になって。

例えば、父。
お父さん。
姉の変わりようとは違って、少し、怖くなった。

父の独り言なんて――
今までに、一度だって聞いたことはなかったのに。

聖杯戦争。
是《これ》は、殺し合いである。

マスターとなった魔術師は常に命を脅かされることになる。
魔術の秘奥を駆使し、サーヴァントを活用して最後まで生き残らねばならない。

聖杯戦争に敗北する条件はふたつ。
生命を失った場合。
サーヴァントを失った場合。

自らの生命を維持していても、サーヴァントを失えば聖杯を得る権利を失う。
だが、もしも自らのサーヴァントを失ったとしても、気を緩めるな。ただちに聖堂教会より派遣された〝監督役〟に保護を求めねば、他のマスターに殺害される可能性は十二分に有り得る。

自らの生命を守れ。
自らの家系を守れ。
連綿と続く魔道を途絶えさせてはならない。

工房を効果的に利用せよ。

魔術の粋を極めた工房であれば、サーヴァントに対しても一定の防御となる。

一方で、普段と変わらぬ生活を装うという手もある。

外部との交流を有していた魔術師が突如として工房に引き籠《こ》もれば、聖杯戦争に挑むマスターであると推察される危険もある。

だが、聖杯戦争も半ばに差し掛かれば。

マスター同士が互いの素性を既に把握した可能性もある。


守りと攻めを同時に意識せよ。

そして、血を守れ。

息子。娘。

魔術研究を継ぎ、魔術回路を継ぎ、自らの家系を継ぐ者を守れ。

必要と感じれば——

囮《おとり》を使うことも躊躇《ためら》うな。

（古びた一冊のノートより抜粋）


東京都西部、奥多摩山中。

登山道から遠く離れた木々の隙間にて、誰の目にも触れることのない死闘が繰り広げられていた。否、正確には、灰色の空を舞う鳥の瞳にその光景は映し出されている。白銀色と蒼色の鎧《よろい》を纏《まと》うただひとりの騎士が、次々と降り注ぐ死の顎《あぎと》を時にかいくぐり、時に切り払って防ぐさまが。

山の斜面に立った騎士――セイバーは、飛来する死の群れを迎撃していた。

射線上のすべてを貫通すべく迫る無数の鋼。

それは、矢だ。

彼が手にする不可視の剣と同じく、現代では殆《ほとん》ど使用されることのない武器。

敵対する他者の生命を奪うために人間が操った道具のひとつ。

弓の弦を引き絞り、つがえた矢を撃ち放ち、遠距離に存在する目標を貫き、殺す。

それが、一呼吸につき二十ほど。

尋常の技ではなかった。すなわち、この攻撃を行っている相手は常人ではなく、セイバーと同じく人智《じんち》を超えた存在に違いない。神秘の窮極の一端と言っても過言ではないだろう。サーヴァントによってもたらされる、物理法則さえ殺しながら行使される驚嘆すべき絶技。放たれた矢は有り得べからざる速度と威力を伴って、奥多摩山中を削り取る。

頑健な木の幹が円形の穴を穿《うが》たれる。

土が砕ける。

小振りの岩が砕ける。

それらが、同時に複数。約二十射。

鏃《やじり》の鋼がもたらす僅かな光の反射、僅かな風切り音だけを頼りに、セイバーは死の矢の悉《ことごと》くに相対していた。

基本的には足捌《あしさば》きで躱《かわ》し、回避しきれないものは不可視の剣で切り裂いて、それでも残った矢は鎧で弾《はじ》く。鎧に当てている、と表現することも出来るだろう。魔力で編まれた白銀の装甲、特に厚い部分であれば、木々を砕き大地を抉《えぐ》る死の矢を防ぐことも出来る。

鋭敏な彼の視覚を以《もっ》てしても、射手《アーチャー》の姿は見えない。

射出される矢の方向から位置を特定することは容易ではあるものの、どうやら、射手は山中を高速で移動しながらこちらへの射撃を続けていると思《おぼ》しい。一塊の射撃ごとに、襲い来る矢の方向が異なっている。

「……トリスタン卿《きょう》と、どちらが上かな」

幾度目かの射撃を防ぎ切って、短く息を吐く。

かつて円卓に集った騎士のひとり。その名と姿を、僅かに想う。

数多《あまた》の武器を自在に操ったかの騎士は当然の如く弓にも優れ、中でも狩りの場で披露してみせた〝必中の弓〟は、文字通りの絶技に他ならなかった。

こうして多数の矢を一度に放つ技と相対したならば、果たしてどちらの弓が勝るのだろうか。共にいくさ場を駆ける騎士として、純粋な好奇心が湧いてくるが、残念なことに今は思考を割く訳にはいかない。脳裏の片隅、そのさらにほんの僅かな余分でささやかに思うに留める。

戦いにあっては、戦いのみを意識する。

ただひとつの戦闘機械となって、ただ、戦場に勝利をもたらす。

それが、自分だ。

それが、剣を抜くということだ。

『危ないと感じたら、すぐに、逃げて』

先刻の愛歌の言葉。

正確に、セイバーは記憶している。

『あなたは、ただ、アーチャーを引きつけてくれるだけでいいの』


山中へと足を踏み入れる直前。

自らのマスターである少女は、そう言って、表情を曇らせていた。

宝玉の如き透き通った蒼色の瞳を潤ませ、美しい顔立ちに悲しみの色を浮かべて。

当初の「あなたが傷付かないように」という言葉を守れないことに対して、深く、少女は憂えているようではあった。だが、セイバーにとっては気にするところではない。

むしろ、本領とさえ言える。

サーヴァントこそが、マスターの刃として命のやり取りの場に赴かなくては。

まさしく主君のために戦場を駆け抜ける騎士の如くして。

ならば、今回の少女の言葉。

引きつけてほしい——

成る程、主命は確かに受諾した。引きつけてみせよう。

喩《たと》え、何百、何千——億の矢が降り注ごうと、耐え抜いてみせるだけのこと。

剣を構える。片手。迫る敵を両断するためではなく、飛来する矢を叩き落とすために振るう刃であるならば、片手、右手のみで剣持つ構えが相応《ふさわ》しい。不意の事態に備え、左手は自由にしておくべきだろう。

山中斜面の一ヵ所に留まって、更なる射撃を迎撃し続ける。

数秒置きに襲い来る鋼矢の群れ。

危なげなく躱し、弾く。

体が回避と防御に慣れてきた頃、不意に、矢が途切れた。数秒を過ぎても次なる矢がやって来ない。現在距離のままで仕留めることを相手が諦めたか。否。そうではないだろう。サーヴァント特有の気配は今も山中に色濃く漂っている。

油断なく、構えを崩さずに待ち構える。

と——

空が、黒く染まった。

黒色の雨雲が突如として発生した、訳ではない。

それは、空を埋め尽くすほどの——

矢の怒濤《どとう》だ。

死の奔流だ。

鋼の豪雨だ。

「——面白い」

不可視の剣を両手で構え直して。

セイバーは、僅かに呟く。


ひとりの少女が見える。

愛らしいとも言えるし、美しい、とも言えるだろう。

可憐《かれん》。そういう言葉が相応しく思える。

その子は山中を歩いていた。

ひとりきりで。

特に、何をするでもなく。

蝶《ちょう》を見つけると、指に留めて微笑んでみたり。

「……♪」

鼻歌など唄《うた》っている。
ピクニックに来た一般人だろうか。
この、冷ややかな、吐く息が白くなるほどの季節に？
外見など、魔術師相手には何の判断基準にもならないことは分かっている。
ただ、少女である、という事実が〝私〟の心の何処かを疼《うず》かせる。
それに、何よりも。
少女の表情、鼻歌の旋律。

穏やかで、美しくて。

あまりに純粋無垢《むく》に感じられてしまう。
あれほどの可憐を体現した子が、殺し合いの参加者であるだろうか。
聖杯戦争、などと——

「見つけた」

見られていた。
少女は、確かにこちらを見つめていた。
幾つかの〝まさか〟が脳裏に浮かぶ。
まさか、マスターなのか。あの子が？
まさか、この距離で遠見の魔術を見破られた？
まさか、こちらを探していた？

「あなたが、アーチャーのマスターね。ありがとう」

言葉は、唇の動きから読み取れる。
この子はマスターだ、まず間違いなく。
直ちに退避しなくてはならない。
この距離で気付くほどの腕があるなら、居場所を探知するのも容易だろう。

だが、動けなかった。

唇も。脚も。瞼《まぶた》さえも動かせない。

身動きができない。
何故、と問うのは愚かに過ぎるだろうか――

「ありがとう」

桜色の唇から再度、紡がれる言葉。
何故、少女は、礼を言っている？
ありがとう。
こちらに声を掛けている。それだけは間違いない。
だが、言葉の意味を汲《く》み取れない。
ありがとう。
何に、対して？

「わたしと彼にピクニックをさせてくれたことは、嬉しいのだけど」

彼――
サーヴァントのことか。

ピクニック。何を、言っている？

「でも……」

少女の表情が、曇る。
一転して、可憐そのものの貌《かお》に悲しみが彩られる。

「彼を、危ない目に遭わせてしまったわ」

瞳の奥に――

「ど、どうしてくれるの？」

何かが、見えて――

「綾香。ここにいたのか」

時刻は午後二時を過ぎたあたり。

もたもたと、自分でも手際が良くないと思いながら、昨日のお昼や夜と同じ冷凍食品のグラタンの封を開けて、耐熱皿の上に置いて、オーブン機能はどうやるのだっけと電子レンジと三度目の睨《にら》めっこをしていたら。

厨房《キッチン》に父が姿を見せていた。

視界に映る父を見て、ぽかん、としてしまう。

家にはいないものと思っていたから。それとも、気付かないうちに外から帰ってきていたのだろうか。それなら、姉も？　それに、入ってはいけない部屋のひとつにいるはずの誰かも——

「愛歌はいない。私も、すぐに出る」

「そう……」

それなら、グラタンはふたつ用意しなくてもいいのかな。

そう考えながら、綾香は頷く。

「勉強はしているか」

父の言葉。どの勉強を言っているのかわからない。

学校の勉強。魔術の勉強？

やってるよ、とぼんやりとした言葉を返す。

前者はやっている。後者は、ちゃんとやれていない気がする。だって、毎朝の日課に父は顔を出さないから。自分だけではわからない。正しくは、わかることしかできない。

（ばれちゃうかな）

言葉に混ぜた嘘を指摘される。そう、思っていたのに。

「そうか」

短く、そう頷くだけ。

父は何も言ってこなかった。

「昼食にしては、随分遅いな」

「うん」

「きちんと食べなさいとメモに書いておいただろう」

「ごめんなさい。食べるの、忘れてた……」

ここでも嘘を吐く。

本当は、父か姉が帰って来てくれないか待っていた。

ひとりで、冷凍食品をチンして、食べても、ちっともおいしくないから。

もっと大きくなって、もっと家のことも出来るようになって、料理だってできるようになっていたら、ひとりでもおいしく食べられるのだろうか。

「お前はテーブルの準備をしなさい」

「え」

「返事は、はい、だ。綾香」

「は、はい」

言われるままに、ひとりで食堂へ入って。濡《ぬ》らした布巾でテーブルを拭《ふ》いて、食器棚からフォークを取り出す。よくわからなかったので、一応、ふたり分。ミルクを注ぐコップもふたつ出しておく。

少しすると、厨房からチンと音が聞こえてきた。電子レンジの音。

父は、お皿に載せたグラタンをふたつ持ってきた。

(あ、ふたりで食べるんだ)

父と、自分と。ふたりで冷凍のグラタンを食べる。

ふたりで食べると、味は——

別に、変わらない。

昨日のお昼や夜と同じ、冷凍食品。

「お姉ちゃんは?」

一口、食べて。飲み込んで。

小さな声で、そっと尋ねてみるものの、返答はない。食堂は静かなまま。

視線をグラタンから上げてみると、父は、妙な顔をしていた。

いつもは浮かべないような表情を顔に貼り付けて、父は、こちらを見つめていて。

「お父さん？」

何だろう。

父のこんな顔は、見たことがなかった。

瞳の奥に、何か、別の誰かがいるみたいな不気味な感じ。表情。顔つき。目元。

背筋に、ぞくりとしたものを感じてしまう。数日前、姉の微笑む姿を目にした時に感じたものとよく似ていた。ひどく、冷たい感じ。ぞくり。

「愛歌は……」父は何かを言い掛けて、一度口を閉ざしてから「儀式は、とても大切な時期に差し掛かっている。お前からあれに声を掛けてはいけないし、奥の部屋にも決して近付かないように」

「うん」

奥の部屋――やっぱり、誰かがいるんだ。

綾香は幾らかの納得をしながら頷く。

入ってはいけない部屋のひとつ、奥の部屋にきっと誰かがいる、ということは、何となく気が付いていたから。最初は気付かなかったけれど、数日前の真夜中、トイレに行こうとして廊下を歩いていた時に、人影を見た気がして。

父とも、姉とも違う背格好の影。

泥棒、とは思わなかった。そういう、悪いものではないように思えて。

(聖杯戦争、と、関係あるひとなのかな。お客さん?)

質問したかった。

あのひとは誰?

どうして、奥の部屋にいるの?

お父さんとお姉ちゃんは、あのひとと会っているの?

言いたかった。尋ねたい。でも、言えない。

父の顔には、まだ、見たことのない表情の名残があったから。

怖くて訊《き》けない――

「お姉ちゃん、元気かな」

ぽつり、と唇から漏れる言葉。

自然と唇から出てきた言葉ではなくて、何かを言おうとして、絞り出した言葉。父の顔に貼り付いたままの何かを削り取ってしまいたくて。

グラタンに視線を戻すふりをしながら、父の様子を窺う。

表情。目の奥の感じ。駄目、変な感じのまま。

「そう……だな。いや、いいや、愛歌には問題などない。この大願成すための儀式に際して問題のひとつも見当たらないし、お前が心配することではない」

「そ、そうなんだ」

「問題など……」

何かを、言い掛けている。ような——

けれど。言葉は続かなかった。少なくとも、綾香に対しては。

「問題？ 問題など、ない。順調に過ぎるほどだ。聖堂教会が疑問に感じるほどに何もかもが順調だとも。私にしてもそうだ。何故、あれは何もかもを成せる。天賦の才があるのは分かる、あれは恐らく魔術に愛されている。神秘に愛されている。だが、それでも、人の身でありながらサーヴァントに対してまで……。既にあれは、大聖杯の場所まで知り得ている素振りさえある。何故だ。いつ、どうやって知り得た。私が教えていない、沙条の家系には存在しない秘儀の数々まで、あれは、容易に我が物として……」

何を言ってるのか、さっぱりわからない。

それは、父の独り言だった。

聞きたくなかった。

目の前にいる自分を無視して、何かをぶつぶつと呟く父の姿は、とても。

——とても、不気味だったから。

お父さんのことは、好き。
大好き。
お父さんも、きっと、わたしのことが好きなんだと思ってた。

ううん。
今だって、思ってる。
今だって、お父さんのことは大好き。
少し、怖いなと思うだけ。

それだけ。
うん、それだけ。

だから、元に戻ってくれるのを待つ。
独り言をやめて、いつものお父さんに戻ってくれるのを。

昨日食べたものと同じはずなのに、なぜか、味のしないグラタン。

ぐにぐにとして、ゴムみたいなグラタン。

それを食べ終える頃。

やっと、お父さんはいつもの顔になっていた。

静かで、真面目で、わたしにはちょっと厳しいお父さん。

「後片付け、わたしがするね。お父さんはお仕事……」

「いや。後で構わない」

お父さん、いつもの顔で。

静かな声で。

「ガーデンへ行こう。綾香、お前に話しておくことがある」

何だろう？

わたしは、首を傾げて、なに？　と尋ねてみたけど。

お父さんはわたしの手を取って、食堂を出て。

一緒に廊下を歩く。

あれ。あれ？

こういう風に、お父さんと手を繋《つな》ぐのって、とても珍しい。ずっとずっと小さな頃にはそうして貰ったことがある気がするけど、少なくとも、小学校に上がってからは記憶にないと思う。


家の廊下をずっと歩いた先の扉を開けて、外へ出る。

渡り廊下を進んで、突き当たりのガラス戸も開けて、やっと到着。


ガーデン。

午前中の時間のほとんどを過ごした、うちのお庭。

ガラスの壁や天井で囲まれた、緑の木々とお花の場所。

毎朝の日課をする、わたしの、勉強場所。


「ここの術式は誰にも破れない。万が一の場合には、ここへ逃げ込みなさい」

「万が一？」

「言葉通りの意味だ。細心の注意を払っていても、危機的な状況は発生し得る」

「？」

よく、わからない。

わたしはお父さんの顔を見上げてみる。

言葉と同じ。お父さんの表情、よくわからない。

空は曇っていたけれど、まだ明るくて、ガラスの天井からの光を背にしたお父さんの顔はよく見えなかったから。

「お前には話していなかったが、ここのすべては、母さんが作ったものだ」

「そう、なんだ」そんな気はしていた。お父さんじゃないよね、って。

「そうだ。お前のために」

「え……」

首、わたしは傾げてしまう。

ここは――

ガーデンは、魔術の勉強をするための場所だと思っていたから。

沙条の家の魔術のために。

だから、当然、それは、家を継ぐひとの、お姉ちゃんのためのもので。

「お姉ちゃん、は……」

「愛歌はここを必要としないだろう。それは、母さんもきっとわかっていた」

お母さんも？

わかっていたって、何を？

「だから、綾香」

お父さんが、わたしの肩に触れる。

「これはお前のものだ」

少しだけ、強く。お父さんは摑《つか》む。

「お前、だけの……」

そうして——

幾つかの言葉を、お父さんはわたしへ告げてくれた。
ガーデンのこと。
お母さんのこと。
それから、わたしのこ、こ、こと。
うん、とわたしは何度も頷いたけど、言われた意味は、よくわからなかった。

けれど、それでも。

わたし、わかったの。
お父さんは、少し怖くなってしまったお父さんは、でも――

本当は何も変わっていなくて。
きっと、もうすぐ。
大切な儀式が終わったら、ちゃんと元に戻ってくれるに違いない、って。

「放たれた矢が戻ることは二度とない。弓に矢をつがえて、引き絞り、撃ち放っちまえば、後戻りなんて出来るかよ」

弓兵《アーチャー》は告げる。

今なお嗚咽《おえつ》を繰り返す主人《マスター》へと向けて。


『■■■■■■■■——ッ!!』

狂戦士《バーサーカー》は空に浮かぶ月へと咆《ほ》える。

要塞《ようさい》の如く堅牢《けんろう》な魔術の園のただ中で。


「優しいひと。誠実なひと。白銀色の鎧のあなた。たとえ我が槍《やり》に命を貫かれたとしても、あなたは変わらないのでしょうね」

槍兵《ランサー》は呟く。

己の内側から燃え盛る炎に身を焦がしながら。

「我があるじ。すべて、すべて、あなたのために……」

暗殺者《アサシン》は囁《ささや》く。

今夜も、死の舞踏を繰り返しながら。

「はは！　逃げろ、走れ、跳べ！

せいぜい足掻《あが》け。喚《わめ》け。叫べ！

いずれ貴様ら三騎が悉く、我が光に灼《や》かれて消え去る運命よ！」

高らかに王は叫ぶ。

夜空に浮かぶ船に座して、太陽が如き灼熱《しゃくねつ》で地上を灼きながら。

矢は放たれている。
火蓋《ひぶた》は、既に、切られた。

大聖杯。
願望機は無慈悲に稼働し続ける。
数多の悲劇を回転させながら。

――約束の時は近い。
――聖杯戦争は、激しさを増して、東京の夜を蹂躙《じゅうりん》する。

Little Lady ACT-6

それは、記憶。

あのひとの姿を最後に見た朝の記憶。


「それじゃあ、行ってくるわね」

そう言って、何も持たずに姉は出掛けようとしていた。

既に父の姿はない。正確なところはわからないものの、きっと昨夜から家に帰ってはいないのだと沙条綾香《さじょうあやか》はぼんやりと思う。姉と父が参加しているという儀式にはあまりに秘密が多くて、幼い綾香にはわからないことばかり。

仕方ないことだった。

だって、自分は姉とは違うから。

特別な姉。

綺麗《きれい》な姉。

姉──沙条愛歌《まなか》。

こうして廊下を歩いて玄関への道のりを進んでいるだけで、そう、何もかもが違う。

窓から差し込む朝の陽は、きらきらと、輝きを姉の全身に振りかけて。おとぎ話の中のお姫さまや妖精か、それ以上の尊い何かであるかのよう。小学校に上がる前に父が数度だけ読み聞かせてくれたことのある絵本の中にだって、こんなにも煌《きら》めくひとはいなかったし、ひとりで何度か見た外国製のアニメーション映画の中にもいなかった。

自分とは、違い過ぎる。

平凡、とか。

凡人、とか。

そういう言葉が自分には合っているのだと綾香は思う。

丁度、小学校の国語の授業で習ったばかりの言葉。平凡。白いチョークで黒板に書かれた文字を見て、先生の口から説明を聞いて——既に知っていた言葉ではあったはずなのに、ああ、なるほど、そうなんだ、と思ってしまった。

先生の手で書かれた二文字は、きっと自分のことなのだろう、と。

——何もかもを修めてしまう姉。

——黒魔術のひとつさえ、修めるには程遠い自分。

自分と同じ八歳の頃には、姉は少なくとも二種の系統の魔術を完璧《かんぺき》に修めたという。

目を輝かせながらその話を聞いた綾香は、つい「わたしもできるかな」と口を滑らせてしまったことがある。去年のことか、もう少し前か。父は静かに首を振って、あれは特別なのだから、お前は沙条の黒魔術を究《きわ》めることだけを考えなさい、と言って。

もしかしたら自分は出来の悪い子なのかも知れない、と最初は思った。

そう思うと途端に落ち込んでしまって、悲しくて、情けなくて、眠れなくて、時間の感覚も失って、朝の日課に出て行く時間に二十分以上も遅れてしまった。

けれど、すぐにそうではないことに気付いた。気付いてしまった。

言葉の通りに姉はただただ特別で——

同時に、自分は、ごく普通で平凡な、魔術師の家系の子女に過ぎなかったのだ。

ひとつの系統の魔術を修める、と言葉で言うのは簡単だ。実際のところは、血に刻まれた家系の魔術回路をきちんと受け継いで、一生をかけて学び、研究して、ひとつの系統を究められるかどうかが良いところ。

それが普通。それが、平凡な魔術師の生き方《スタイル》。

——なりたいと思っても。

——お姉ちゃんみたいには、わたしは。

なれない。

それはもう、どうしようもなく決まっていることだから。

そんな風に考えるほうがどうかしている。

だから、今朝も思ったりしない。

こんなにも綺麗な姉、輝くひと。きらきらの陽差しを浴びながら、くるくると踊りながら廊下を進んでいく沙条愛歌という眩《まばゆ》さの塊を目にしても、こんな風になれたら、とか、素敵な女のひとになりたい、なんて。絶対に、思わない。思えない。

ただ、見つめるだけ。

空を舞う鳥を見上げる、大地を這《は》う蟲《むし》のように。

万象の根源に焦がれる、数多《あまた》の魔術師のように。

「愛歌、お姉ちゃん……」

ぽつり、と名を呟《つぶや》く。

もう、玄関の大きな扉が目の前に見えていた。

ここをくぐってしまったら、姉は暫《しばら》くの間は家に帰って来ないという。先刻、ふたりきりの朝食の時間にさらりとそう言われてしまって、その時には「そうなんだ」以外の言葉は言えなかったものの、玄関扉を前にして、ああ、もうすぐ本当に自分はひ、と、り、きりになってしまうんだ、と思ったら——

自然と唇が開いていた。

声。言葉が、小さいけれど滑り出ていた。

「お姉ちゃん、行っちゃうの……」

「ふふ。なあに？」

くるり、と姉が振り返る。

沙条家の大きな木製の玄関扉を背にしながら。その姿は、どこか、不思議と奇妙の満ちた異形の世界《ワンダーランド》へと旅立つおとぎ話の主人公《アリス》のようにも見えて。

首を傾げて、姉は言った。

鈴の鳴るような綺麗な音。声。

「もう、綾香は小学生だったわよね。なのに、ひとりが寂しいのかしら」

「……寂しくない」

「嘘吐きは嫌いよ？」

「寂しい」いっそう小さい声で、俯《うつむ》いて。

「ふふ。偉い、偉い。そう、嘘はいけないわ」

嘘を言ってしまったのだろうか？

でも、確かに寂しいと思う。そう感じているのは本当。

寂しい。広い家にひとりきりでいるのは、寂しい。別段、姉が家にいても一緒にいる時間はそう多くなくて、この魔術の儀式——聖杯戦争が始まる以前は、食事の時にさえ必ずしも顔を合わせないくらいだった気がする。なのに、寂しいと思う。

家のどこかに誰かが、姉がいる、父がいる。その上で誰にも会わずにひとりでいるのと、本当に誰もいなくてひとりでいるのは、やはり、違う気がするから。

どう言えばいいのだろう。

姉を見上げたまま、綾香は黙ってしまう。

ひとりは寂しくても、ここにいて、とは言えない。

そもそも許されない。大切な儀式のために出掛ける姉を、引き留める、なんて。

「懐いてくれるのは嬉《うれ》しいわ、綾香。よし、よし」

姉の手が伸びて、綾香の頭に触れる。

「偉い、偉い」

そう言って、撫《な》でてくれる。

こういう風にされるのは初めてだと思うのに、何故だか、姉の手付きには慣れた気配が感じられて、ふと、首を傾げてしまう。どうしてだろう？

「でも、駄目。わたしはもう行くわ。大聖杯へ。あのひとのために」

姉は、笑みを浮かべて——

「あなたにもわかる日が来るのかしら」

――きらきらと、煌めいて。

「誰かのために何かをする、ということ。誰かを想うこと」

――ほら。お姫さまみたい。

「恋をする、ということ」

――そう言うお姉ちゃんは、誰より、何より、綺麗で。

「その瞬間、世界は、はじめて、自分《わたし》を中心にして回り始めるの」

誰かを想うこと。恋。

きっと、それは素敵な言葉なのだと思う。

こんなにも眩い姉の唇から発せられた声は、言葉は、窓越しに輝く太陽よりもよほど激しく輝いていて、ああ、すごい、と綾香は圧倒されてしまう。ただただ、言葉と、微笑みがもたらす輝きとに圧されて、何かを考えたり思ったりすることができない。

恋するということ。想い。

それは、言葉としては知っていても、実感したことのないものだったから。

だから。

「運命の相手っていうのはね」

——綺麗な声、聞きながら。

「本当に、いるのよ。綾香」

——目を。逸らしてしまう。

「何だって……命だって、捧《ささ》げても構わない。そんな風に思える相手が」

——お姉ちゃんの輝きに耐えきれなくて。

「いるの。わたしには、もう、いるの」

きらきらと、輝きを纏《まと》って姉はそう告げる。

いつもなら見とれていたはずだった。

けれど、どこか、言いようのない灰色の靄《もや》が胸の中に渦巻くのは何故だろう。目を逸らしてしまうのは、どうして。こんなにも輝く姉のすべてが、眩しすぎるから。それとも、他に何か感じていることがある？

綾香には分からない。

こんなにも輝くひとを前にして、何故、不安を感じているのか。

命。捧げる。そう、このひとが口にしたから？

「お姉ちゃん」

——俯いて。言葉を漏らす。

「死んだり、しないよね」

──視線を下へ向けたまま。

「帰ってくるよね、お家《うち》に、帰ってきてくれるよね」

──お姉ちゃんへ、請い、願うみたいに。

「……また会える、よね」


ぽつ、ぽつ、と言葉を告げる。

これが最後と気付かないままに顔を上げずに、視線をきちんと向けずに。

だから、綾香は気付かない。

次の言葉に。

正確には、沙条愛歌が言葉を返してくるほんの一瞬、僅《わず》かな一瞬の間に、一体何があったのかを。これまでにも見えていたはずの片鱗が、その時には、明確なかたちを伴って、そこに在ったことに。

気付かない──

「ううん。会わないほうが、あなたのためだと思うのだけど」

——綺麗な響き、音。声。

「でも、そうね」

——神秘を纏うような声。

「そんなに懐いてくれるなら」

——優しく、抱き締めるようにして届く、お姉ちゃんの言葉。

「気が向いたら、あなたのことも使ってあげる」

そう告げる姉が、どんな顔をしていたのか。

そう言った姉が、どんな目で見ていたのか。

最後まで。

沙条綾香は気付かなかった。

少なくとも、この日、この朝、この時には。

気付けなかった。


聖杯戦争。

その終幕について。

七騎の英霊《サーヴァント》の命をくべることで聖杯は起動する。

その構造上、ひとりの魔術師《マスター》のみが勝者となり、他の形での勝敗は本来あり得ることではない。

だが、勝敗を無視すれば別の終幕の形も有り得る。

すなわち、全マスターが敗退もしくは聖杯戦争の参加権放棄を選んだ場合である。

万象の根源を求める我ら魔術師が、その最大の好機であるこの聖杯戦争に際して自ら棄権を申し出る可能性はごく低いが、ここでは可能性のみを語る。


敗退——

多くの場合は魔術師の絶命を伴うだろう。

別項で記載した通り。


権利の放棄。

是《これ》は、聖堂教会から派遣された監督官に対して宣言することで成立する。

別項で記載した通り。


敗退なり権利の放棄なりの結果。

万が一に、マスターの人数がゼロとなった場合。

是は「勝者なし」という終幕を迎える。

我らの大願は果たされることなく、次なる機会を待つこととなる。

(古びた一冊のノートより抜粋)

だが——

それは、記憶。
あのひとの姿を最後に見た、沙条綾香《わたし》の八年前の記憶。
最後——?
ううん、違う。
あれはただの仮初めの別れ。
本当の最後はその後に訪れたのだから。
今では断片的にしか思い出すことのできない、思い出したくもない記憶のひとつ。

大切な魔術の儀式。八年前の殺し合い。
魔術協会と聖堂教会とが手を結んで行われた、最初の聖杯戦争。
わたしの記憶は曖昧《あいまい》で、特に、そう、最後の時のことは細切れもいいところ。
でも、確かに思い出せることもある。

ほら、こうして勝手に思い出してしまうことだって。
眠りに落ちて、夢を見て。
ああ、夢なんて、見なければいいのに。
そんな、ささやかなわたしの願いは叶《かな》わない。
無慈悲なヒュプノスは、記憶の断片をこうして強制的に見せてくる。

最初は、八年前の早朝の記憶。
姉《あのひと》さんとわたしの別れ。
最後は、八年前の終焉《しゅうえん》の記憶。
本当の、愛歌お姉ちゃんとわたしの別れの瞬間。

——暗い、暗い、東京の地下深く。

立体魔法陣。

大聖杯にたゆたう、黒色をした何か。

ずらりと並ぶ生贄《いけにえ》。

順番に落ちていく、無数の少女たち。

平凡で、何の変哲もない、消費されていくだけの命。命。命。


誰かの笑う声。

誰か——

多分、そう、あれは、お父さんが笑う声なのだとわたしは思う。

「みんな仲良く順番待ちをしているけれど、綾香は特別」

誰かが言った。


「いますぐ落ちて、材料になりなさい」

知っている、誰かの声。

「凡人には、それぐらいしか利用価値がないのだから」

きっと、お父さんの声。

「──なんということだ」

お父さんの叫ぶ声。嫌、やめて、お父さん。

「この凡人め、凡人め、凡人め……！」

やめて。どうして。そんなこと、言うの。

「お前を選んだ私が間違いだった」

どうして、そんな風に叫ぶの。

お父さん。

離して。痛いよ。嫌。嫌。

わたしも、落ちるの？　あそこへ？

そして、わたしの意識は絶望と一緒にぐるりと暗転する。

ぐるり──

──肉塊。
──絶叫。
──赫色《あかいろ》。

わたしは何も見なかった。
気付いたのは、顔に何かがかかったのを感じた後だったはずだから。
そう、わたしは、閉じていた瞼《まぶた》を開けて。

そして、見た。
見てしまった。
姉さんが、わたしを庇《かば》うように──
守るようにして、立ち尽くしているのを。

「お姉ちゃん」
わたしは、あの時、そう言えただろうか。

言えなかったかも知れない。
顔にかかったものが何であるのか、気付いてしまったから。

血——

顔にかかっているのは、姉さんの血だった。
わたしのすぐ目の前に立った姉さん。
綺麗なひと。誰より輝いていた、お姫さまみたいな、あなた。
その胸元から、何かが突き出ている。

それは、綺麗な黒い羽模様ごと胸を貫いた、黄金の刃。
背後から誰か、の剣で貫かれた、愛歌お姉ちゃん。
つまり、わたしの顔にかかっているのは、ああ——

お姉ちゃんの——

閉めたカーテンの隙間から差す、眩い陽の光。

窓のすぐ先にある木々の枝に留まって時を告げる、小鳥たちの声。

朝の気配。夜の暗がりと冷たさは嘘のようにどこかへ消えて、眠る直前までは〝明日〟だったはずの日が、〝今日〟のかたちになってやって来る。

「……ん」

重い瞼を擦《こす》りながら、柔らかなベッドの中で、沙条綾香は目を覚ます。

目覚めは最悪だった。

何せ、ひどい夢を見てしまったから。

内容は断片的でよく覚えていないものの、八年前のあの時の記憶が夢に出てきた、ということだけはわかってしまう。

（朝、だよね）

内心で呟きながら、枕元に置いたデジタル式の時計に手を伸ばす。毛布から出た右手に、ひやりとした空気が触れる。この感覚は好きの部類。そう、自分の体温が移ったベッドの感触の心地良さも、朝の陽の光も、小鳥たちの声も同じく好きなほう。

それでも、寒いものは寒い。

毛布に頭までくるまってしまって二度寝したい誘惑に駆られるものの、なんとか耐える。デジタル式の時計を目の前に近付ける。日常生活を普通に送るぶんには眼鏡なしでもさほど困らないものの、この八年間でそれなりに悪くなってしまった目では、眼鏡を掛けないと離れたものが見えにくい。近視だから。

【1999】

いつものように西暦表示へちらりと視線をやってから、時刻を確認。

【AM　5：59】

午前五時五十九分。

たとえば部活動の朝練でもある同級生なら特に珍しくもない時間。綾香はどの部活にも所属していないものの、この時刻はまさしく起床すべき時間。

「ぴったり、ね」

呟きながら、目覚まし機能のスイッチをオフにする。

目覚ましを設定した時刻は午前六時〇分。

だから、ぴったり。速やかにベッドから出ないといけない。

もぞもぞと毛布の中から這い出て、もぞもぞと寝間着《パジャマ》を脱ぐ。

昨晩、眠る前に用意していた高校の制服を着て、机の上に置いた眼鏡を掛けて、洋服箪《だん》笥《す》の脇にある姿見の鏡の前で髪を梳《す》く。髪はそう長いほうではないから、すぐに済む。大丈夫。少なくとも、朝食の時間への影響はない。

吐く息が白い。

廊下の空気は、部屋の中よりもずっと冷え込んでいた。

急ぎ足で洗面所へ行って、空気なんて気にならなくなるほどの冷たさの水で顔を洗う。

勿論《もちろん》、濡《ぬ》れてしまわないようにピンで前髪は留めている。

「ひゃ」

冷たい。驚いて、声が出てしまう。

自分でははっきり目覚めていたと思っていたものの、どこかに残っていたと思《おぼ》しい微睡《まどろ》みの気配が瞬時に消え去る。意識、明晰《めいせき》に。自分用のタオルで顔の水気を拭《ぬぐ》って、髪留めのピンを外して、眼鏡を掛け直して――

ふと、目に留まる。今では使うこともない踏み台。

「……今度、捨てておかないとね」

ぽつりと呟いてから、鏡を見る。

当然。自分の姿が、そこに映り込んでいた。

前髪を濡らしたりもしない、十六歳の自分自身。

あのひとには、あまり、似ていない。強いて言えば——

「平凡な顔」

言葉が自然と漏れていた。

眼鏡を掛けた女の子。どこにでもいそうな、目立たない子がそこにいて。

唯一あのひとに似ているかも知れない、光を受けて輝くはずの透き通った瞳も、眼鏡のレンズ越しでは魅力的には映えてくれない。そう、綾香は思ってしまう。

好きの部類、とは言えない顔だった。

鏡越しの自分自身を前に、どうしてこんなに警戒心に満ちた目付きなのだろう。

性格が滲《にじ》み出てしまっているのかも知れない。

自分の性格。つまり、根暗で、臆病《おくびょう》で、視野が狭くて、それでいて。

「……と。いけない、時間、時間」


——どうしようもないくらいに。平凡で。


慌てて、廊下を歩いて食堂《ダイニング》への扉を開けて、そのまま通り抜けて厨房《キッチン》へ。

料理は当番制でも構わないと彼は言うものの、一度任せてみたら信じられない量を作られてしまったから、なるべく自分で作りたい。彼が沢山食べるのは別に構わないものの、こちらも同じ量を食べると自然《ナチユラル》に考えられてしまうのは困る。

昨日の絆創膏《ばんそうこう》が巻かれたままの指先で冷蔵庫から野菜を幾つか取り出して、キッチンナイフを握って、まずはトマトから。トントンと切り始める。

野菜を切るのだけは、幼い頃に比べれば上手になったと思う。

切り方ひとつで食感も変わって、美味《おい》しさに直結する、ということに気付いたのは小学校高学年になってからだった。そのことに、あまり胸は張れない。調理できるのは主に野菜ばかりなのに、随分と気付くのに時間がかかった。

「本当、平凡なんだから」

「おはよう、綾香。今朝も早かったみたいだね」

突然、声——

今さら驚きたくもないのに、わぁ、と声が出てしまう。驚いた。

視線を向けると、そこに、彼の姿があった。

——光の加減で碧《みどり》にも見える、蒼色の瞳をした彼。

——わたしの、サーヴァント。

「もう。驚かさないで、セイバー」

「ごめんよ綾香。驚かせるつもりはなかったんだが、きみが集中していたから」

「野菜切ってただけです」

「うん。やっぱりきみはキッチンナイフの扱いが上手いな」

そう言って微笑む。

いつもの、彼の笑顔だった。

何でも僕は受け止めてあげるよ、とでも言わんばかりの優しい笑顔。

窓から入り込む陽差しが、まるで彼を祝福するかのように纏《まと》わり付いて、きらきらと輝いているように感じられるのは錯覚に違いない。まさか魔力を放出している訳でもあるまいし、絵本の中の王子さまでもあるまいし。

「……普通です」

何とか、平静な声を形作って小さく言って。

目の前の調理行為に集中する。さっさと済ませてしまおう。

てきぱきと朝食を作っていく。

生野菜のサラダに、目玉焼き。それにトースト。彼が「肉はないのかい？」と言ってくるので用意したソーセージも焼いて。

肉。お肉——

肉、生き物のからだを感じるものは駄目。苦手。血もそう。だから、ソーセージ。肉の感じ、血の感じのない、出来合いの、こういう風な加工食品でないと肉類は扱えない。黒魔術師失格、としか言いようがない。左手の指に巻いた絆創膏がいい証拠。

綾香は情けなく思うものの、これぱかりはどうしようもない。

「美味しそうだ」

「切って、焼いただけです」

「単純な行為にこそ技量というものは反映されるものだ。剣も、キッチンナイフも」

「……」

わざと返事をせずに、食堂への配膳を始めてしまおうとする。と、先回りして、あっという間に彼がやってしまった。綾香は冷蔵庫から出したミルクとコップを持ってきた程度で、他はすべて彼が。

「……ありがとう」

一応、お礼は言っておく。

返事を聞かずにテーブルへ着いて、いただきます、ともごもごと小さく言う綾香の隣で彼がはっきりと「いただきます」と告げて。朝食が始まる。まずはトマトをひとかけ、口に入れてから、目玉焼きを——

ああ。まただ。意識はしていないのに。

綾香は内心で溜息《ためいき》を吐く。

いつもの癖で、また、片面焼き《サニーサイドアップ》にしてしまった。

「ごめん。聞いたほうが良かった、よね」

何を、とは言わない。どうせ、この最優《さいゆう》のサーヴァントであるところの彼は、綾香が口にしないことまで分かってしまうのだ。マスターと魔力的な繋《つな》がりがあるからとか、そういうことではなくて、ただ彼は勘がいい。すぐ、何かを察するのだ。

今だって、絶対、何について謝っているのか彼は理解する。

「目玉焼き、僕はどちらの焼き方も好きだ。きみの好きなようにしてくれて構わない」

「うん……」

ほら。分かってる。

視線を彼へ向けずに、綾香は頷《うなず》く。

(好き、か)

内心で囁《ささや》く。彼の勘にも気付かれないように、静かに。

本当に自分が好きなのは両面焼き《ターンオーバー》なのだけど、否、だったのだけれど、今ではもう、本当にそうだったのかはよくわからない。ずっと姉が好きだったサニーサイドアップを続けてきたから。

そもそも、幼い頃にターンオーバーが好きだったのは、完璧だった姉へのささやかな反抗心で好き嫌いを見出《みいだ》していたのかも知れないし。

　ふと――

　我知らず、綾香は窓を見ていた。

　八年前。くるくると踊るようにして、あのひとが朝陽を浴びていた場所。

「……ね、セイバー」

「何だい」

「あなた、姉さんのサーヴァントだったんでしょう。八年前の聖杯戦争で」

「そうだね。愛歌は僕のマスターだった」

「どんなマスター、だったの。姉さんって」

　純粋な好奇心。

　多分、そうなのだと綾香は自分自身を思う。

　無言のままで食事を続けるのが嫌だったからとか、聖杯戦争についての情報は少しでも多く聞いておいた方がいいのかも知れないとか、幾つかの理由は思い浮かぶ。でも、最も近いのは、好奇心だと思う。不意に気になったから。そのまま口にした。

「愛歌は、そう、優秀な魔術師だったよ」彼は微笑んで「とても優秀だった。僕は魔術にはあまり詳しくはないが、それでも、一流以上の腕を持っているとは感じた、かな」

「？」

　言葉に、引っかかりを感じて。

首を傾げてしまう。

「ああ。前回の、最初の聖杯戦争のことは記憶が曖昧なんだ。前にも言ったね」

「あ……。う、うん」

八年前にも彼は聖杯戦争に参加していた。

第一位の剣の英霊。姉、沙条愛歌のサーヴァントとして戦い、六騎の英霊たちを悉《ことごと》く打ち倒して聖杯を手にしかけたのだとか。けれど、その直前で契約を破棄され——

「後遺症、だよね。今回召喚されてからの記憶は、大丈夫？」

「ああ。記憶に揺らぎがあるのは八年前についてだけだから、心配いらないよ」

頷いてみせる彼。

何かしらの不調があるようには見えない。

彼は、完璧なひとだった。ひと。否、英霊。最下位の第七位・権天使のマスターである自分に寄り添い、この聖杯戦争を共に戦うと誓ってくれた、第一位のサーヴァント。

微笑む姿は、まさしく絵に描かれた英雄のように整って。それでいて潑剌《はつらつ》とした精気に溢《あふ》れて——

（あれ？）

いつもの彼の笑顔。

そのはずだったのに、今、ほんの一瞬だけ。

どこか寂しそうな、申し訳なさそうな、気まずそうな、妙な表情。

確かに、彼の顔に浮かんでいたような？

「セイバー？」

「綾香。僕からも質問してもいいかい」

「え、う、うん」

「お姉さん。沙条愛歌のこと、きみはど、う、感、じ、てい、た？」

お姉ちゃん——
愛歌お姉ちゃん。

誰より輝いていたひと。

あなた《セイバー》と共に、八年前の聖杯戦争を駆け抜けたひと。

あの時のわたしはまだ幼くて、今では思い出せないことも多いけれど、でも、確かに思い出せることもある。

たとえば、そう。

わたしは、お姉ちゃんのことが、ずっと――

――肉塊。

「姉さんのこと？」

わたしは――

「わたしは……」

ずっと――

「……うん。姉さんのこと、好きだった。

魔術もお勉強も何でもできて、それに、綺麗で」

――絶叫。

「姉さんの髪はね、陽に透き通ってきらきら輝くの。それが、すごく綺麗で、素敵で」

嘘じゃない――

「一緒にいた時間は長くなかったけど、一緒の時は、いつも優しくて」

嘘じゃない。
嘘じゃない。
本当に。

何もかも上手にできる姉さん、ううん、お姉ちゃん。
綺麗なひと。愛歌お姉ちゃん。

――赫色。

お父さんと一緒に、きっと、わたしに優しくしてくれていたひと。
平凡で、何もできないわたしに。

「好きだったよ」

もう一度、言って。
わたしは微笑んでみる。
ぎこちない顔になっていませんようにと、祈りながら。

杞憂《きゆう》。そう願う。
そう、恐らくは杞憂に過ぎない。
このノートに記してきたすべての項目に意味などない。

二度目の聖杯戦争が開かれることはないのだから。
勝者が誰であるかに拘《かか》わらず、我が家系が聖杯戦争に関わることは二度とない。
聖杯の奇跡も二度は起こるまい。
誰かひとりが必ず根源へと辿り着く。
それで、終わりだ。
だが。万が一。
過日、監督官の口走った言葉が真実であるとすれば？

（古びた一冊のノートより抜粋）

そして——

そして、少女はガーデンへと至る。

朝陽をたっぷりと採り入れる、ガラス製の天井と壁。

輝きの中で、足下に群がってくる鳩の群れを見つめて、自らの手指に巻き付けた絆創膏の存在を思いながら、一羽をそっと抱え上げて。

少女は過去を思う。

今ではもう思い出せることも多くない、八年前の記憶を。

姉の記憶。

父の記憶。

幾つかのことを少女は思う。

断片的にしか思い出せないふたりのこと。

記憶にない、母のことも。

「……綾香」

聞き慣れてきた青年の声が響く。

ガーデンの出入口のガラス扉のすぐ近くに、彼の姿があった。煌めく陽光のせいで、顔には陰が落ちていても、彼の表情が少女にはよくわかる。
きっと、微笑んでいる。今も。

抱え上げた鳩を、そっと放して。
蒼色の瞳をした彼へ、少女はまっすぐに頷く。

「うん。行こう」

——そして、歩き出す。
——一九九九年。再びこの東京で行われる第二の聖杯戦争へと。

（第一部『Little Lady』・了）

Special ACT : Servants

一九九九年二月某日、午前八時二五分。

東京都杉並区、私立高校正門前。

登校する多くの生徒たち。

誰かと連れ合いながらお喋《しゃべ》りをして歩く生徒たちもいるし、顔見知りを見つけて挨拶《あいさつ》を交わす生徒たちもいるし、校庭で朝練に励む面々に手を振る生徒たちもいるし、ひとり静かに校門をくぐる生徒もいる。

沙条綾香《さじょうあやか》の場合は、最後のそれに分類される。

誰かと一緒に登下校、ということはあまりない。挨拶されれば応《こた》えるものの、自分から誰かを探して声を掛けることはないし、朝の校庭はいつもの通り過ぎる風景のひとつだから意識して注視することもない。

だから、今日もひとり。同じ制服を着た同年代の子たちの中を、歩いて。

校門脇に立つ生活指導の教師に会釈をしながら通り過ぎて、昇降口へ。

いつの頃からだろう――

ひとりでいることを自然と選ぶようになったのは。

親しいと呼べるかも知れない相手が出来ても、ある程度の距離を保って。

今だって、探そうと思えばクラスメイトのひとりやふたりは見つかるだろうし、中学校や小学校が同じ生徒だっているはずだけれど、意識はしない。

友達がいない、というのとは違うはず。

そう呼べる相手がいない訳じゃない。クラスメイトの女子の中には、比較的よく話す子や、話題が合う子だって、少しはいる。

(……うん。少しは)

内心で綾香は呟《つぶや》く。

友達。多くはないと、自覚はしているけど。

魔術師としての運命?

世俗との適切な関係性を保つ?

そうかも知れないし、違うかも知れない。それでも、小学生の頃——具体的に言うなら八年前までは、今よりももう少しだけ友達の数は多かったような気がする。

理由はすぐに思い当たる。

八年前、小学二年生だった自分に何があったのか。

正確に言うなら、自分自身ではなくて、自分の周囲で何が起こったのか。

八年前、一九九一年の東京で行われた魔術の儀式は、結果として、父と姉を奪い去って、綾香の生きる風景の多くをがらりと変えた。

（聖杯戦争。二度目の、大願のための大規模魔術儀式）

儀式の名称を思い浮かべる。

普段なら、登校の最中に魔術絡みの何かを取り立てて意識することはないのに、こんな風に思ってしまうのは、自分でも仕方ないと思う。

だって、もう、それは始まっている、のだから。

あの日の晩、この胸を貫いた刃の感触はあまり明確には思い出せないものの——思い出したくもないけど——あの時の恐怖は、ありありと記憶が再生出来てしまう。僅《わず》かでも気を抜くと、こうして歩いている自分は幻覚か願望か、ともかく現実ではない何かで、本当の自分はガーデンの真ん中で胸を槍《やり》に貫かれて死んでいく最中なんじゃないだろうか、とさえ錯覚しそうになる。

足が、全身が、胸の奥底から震えそうになる。

立ち竦《すく》みそうになる。

自分は弱い。それは自覚している。恐怖に身を任せてしまえば、あっという間に自分のすべては塗り潰《つぶ》されてしまうに違いない。

でも、そうはならない。

歩いて行ける。校門をくぐって、昇降口へと進む。大丈夫。

胸に刻まれた一枚羽の令呪が、決してひとりではないと教えてくれるから。

蒼色と銀色を纏《まと》う彼は、私の――

「おはよう、沙条さん」

「あっ、お、おはよう、伊勢三《いせみ》君――」

不意に声を掛けられて、振り返る。

すっかり自分の内側に意識を傾けていたから、応える挙動がなんだかぎこちなくなってしまう。表情はいかにも驚いたものになってしまったし、何よりも、声。少し、ひっくり返ってしまったかも知れない。

対して、おはようの挨拶をくれた声の主は、何もかもが完璧《かんぺき》だった。

明るい声。明るい表情。それに、あんな風に元気よく、高く右手を挙げて。

転校生の伊勢三君。妙な時期に転入してきた、明るい色をした髪のクラスメイト。

「いい天気だね。難しい顔をしてたけど、何か考え事？　今日の小テストのこと？」

「えっと」

一度に三つも話題を向けられて、一瞬、迷う。

いい天気。確かにそう。

難しい顔なんてしていないと思うけど、考え事はしていた。でも、人には言えない。

ええと、小テストの予定なんてなかったような？

「沙条さん。きみは、ひとりで登校することが多いのかな」

「え……」

どこから答えようか迷ったら、もう別の話題？

「きみは、ひとりでいるのが好きなのかな」

「そ、そんなことは」

「あるよね？」

伊勢三君の明るい顔が、予想したよりも近くにあった。

綾香が半ば無意識に形作る〝ある程度〟の距離を容易《たやす》く踏み越えて、朝の陽気に似合った表情で微笑みかけてくる。人懐っこそうな顔。いつも、彼はこの表情を浮かべて、クラスメイトたちの輪の中にいる。

そういえば、ひとりでいる姿はあまり見かけたことがない？

（……何だろう）

子供の頃、よく足下に群がってきた鳩を思い出す。最近は、相変わらず鳩もそうだけれど、前はそうでもなかったのに鴉《からす》が懐いてくるようになった。

こんな風に近寄る相手を、綾香は知らない。

人間の男の子なら、特にそう。

ふと、彼《セイバー》の横顔が脳裏を過《よ》ぎる。

彼は、外見は自分よりも少し年上くらいの男性ではあるものの、人間ではない。だから、やっぱり、こうも自然に近付いて来る男子は、珍しい――

「僕の友達もね、ひとりでいることが多い子だったんだ。きみとは何もかも違うけれど」

「伊勢三君の……前の学校のお友達？」

「あ。学校といえば、南側校舎の噂、沙条さんはもう聞いた？」

「？？」

質問に質問で返されてしまった。

それに。話題。またいきなり変わっているような。

綾香が内心で首を傾げていると、伊勢三君は次々と言葉を続けてくる。曰《いわ》く、放課後、南側校舎に現れる不気味な人影の噂があるのだとか、都内各地でガス事故か何かが多発しているとか。クラスメイトから聞いた学校の怪談なのか、テレビや新聞の中の話なのか、随分とあやふやで意図の見えない話を次々と。

どちらにも詳しくない綾香は首を傾げるばかり。

「伊勢三君、転入したばかりなのに、詳しいんだね……」

「そんなことはないよ。僕はここに来てからあまり長くないし、知らないことばかりで目が回りそうだよ。ああ、でもね、幾つかわかったこともあるかな」

「そんなことは……」

ない。

「きみくらいの女の子は誰かと一緒にいることが多いはずなんだ。なのに、きみは、自分からひとりでいるのを選んでいるよね。今もそうだし、教室でもそうだ」

綾香は咄嗟《とっさ》に返事ができずに、視線で疑問を投げかける。

いきなり、名前《フルネーム》を呼ばれてしまって。

「？」

「きみのこと。沙条綾香さん」

「なに？」

と、綾香は言い切れない。

授業の合間も、昼休みも、放課後も、こうして登校する時と同じ。

声を掛けられれば応えるものの、自分から何かをすることは、殆《ほとん》どないから。

「あるよね」

二度目の、同じやり取り。

足下へやっていた視線を上げると、すぐ目の前に伊勢三君の顔があった。

明るい色の髪がよく似合う、あっという間にクラスメイト女子の人気を得た転校生。人懐っこくて、いつも微笑んでいる男子。

「きみは、もしかして」

瞬間。そんな彼の顔からは。

「人間のことが」

普段の明るい表情が消えて。

「嫌いなのかな」

無感情な、仮面のような冷ややかさを湛《たた》えていた、ような——

——東の果ての地にて。

聖杯を巡る闘争があった。

——勝者は確かに存在した。

だが、その手に聖杯を得た者は誰もいなかった。

——そして、八年後。一九九九年。

——聖杯は、この東京に再び顕現した。
七名の魔術師《マスター》の下に、今、七騎の英霊《サーヴァント》が集って。
——史上第二の聖杯戦争が始まる。

Fate/Prototype
蒼銀のフラグメンツ
『Servants』

サーヴァント。
現界した英霊たち。

剣《セイバー》の英霊。
狂《バーサーカー》の英霊。
弓《アーチャー》の英霊。
槍《ランサー》の英霊。
騎《ライダー》の英霊。
術《キャスター》の英霊。
影《アサシン》の英霊。
聖杯によって七つの階梯《かいてい》に振り分けられた最強の幻想たち。

彼らはあまりに強大だ。
先述の通り。
鋼鉄を引き裂き、大地を砕き、空さえ貫く。
魔力によって仮初めの肉体を構成された彼らは、正しく生物ではない。

人間に酷似した外観を有していても人間ではない。生物を、人間を遥《はる》かに超える強靭《きょうじん》さと破壊力を秘めて、彼らは伝説のままに現界する。

だが、彼らもまた――

（古びた一冊のノートより抜粋）

同日深夜。

東京都新宿区、新宿中央公園。

西新宿の超高層ビルディングに囲まれた緑の木々の先に、男はいた。

オンタリオ湖へと流れ落ちる瀑布《ナイアガラ》の名を称された大型噴水の前に、突如として、その男は姿を現す。もしも見る者がいれば――この季節、深夜の水場に近寄るホームレスはまずいないが――何もない場所に男が出現したのだ、と受け止めるだろう。例えば、瞬間的に空間を渡った、とか。

違う。空間転移ではない。それは魔法の域のわざだ。

男は霊体化を解いたに過ぎない。

暫《しばら》く前からこの周辺にはいたのだ。ただ、目に見えるかたちではなかっただけで。

「さて、と」

鎧《よろい》を纏った偉丈夫だった。

両肩から左腕にかけてを覆う金属製の鎧が、街灯に煌《きら》めく。

左腕とは対照的に軽装の右腕には、一本の槍がある。男の長身を優に越すほどの、木製と思《おぼ》しき長槍だった。

過去、日本の戦場で見られた形式の槍とは趣《おもむき》が異なる。

鎧にしてもそうだ。異国の風情を思わせる。槍と鎧を含めて、男の姿が周囲の景色に対してさほど浮き上がることもなく、馴染《なじ》んで見えるのは、緑の木々と瀑布型噴水のせいだろうか。元より、この公園は西新宿という街並みに対して浮いている。文明の最先端を思わせる超高層ビルディングが列《なら》ぶ〝背の高い〟街の中に、ぽっかりと口を開けた緑の園と大げさなまでの噴水が在るというのは、いかにも例外的《イレギュラー》だ。

「都心をうろついてる、っつーから来てみたが」

男は、片目を閉じながら超高層ビルのひとつ——

新宿住友ビルを見上げ、口元を歪《ゆが》める。

「本当にいるかよ。呆《あき》れるのを通り越して、感心するぜ」

再度の霊体化。

噴水の水音へ溶けるように、槍兵《ランサー》は姿を消す。


西新宿、超高層ビルディング群。

数年前に東京都新都庁ビルが竣工するまでは、西新宿最大の地上高を誇っていた建築物、新宿三井ビル。二二三メートルの高さから眺める眼下の輝きは、星々の海を目にしているかのようにも錯覚できる。

無論、星であるはずもない。

あれらは所詮《しょせん》、人の造り出したものだ。

要は、夜を照らす篝火《かがりび》と用途にさほど大差はない。

「相も変わらず――」

一騎の英霊が在った。

黄金色に煌めく髪色の、王の如き男だった。

「いや、希《まれ》なほど見事に肥大した人の欲望よな。五欲だけでは飽き足らず、朧《おぼろ》の繁栄の果てに消費の欲さえ手にした都とは、皮肉にも程がある。道化の身で王なき城の王と思い上がり、享楽の焔に己をくべて、天に届けとばかりに城壁を積み上げる」

英雄の中の英雄。

王の中の王。

であるが故の、眼下の都市を通じて当世そのものを裁定する言葉だった。

「滑稽《こっけい》なことよ。司祭なき神殿で、一体何を祀《まつ》っているのやら」

不遜《ふそん》ではない。

尊大ではない。

そう在るべくして在る、彼こそ、この東京へと顕現した正真正銘の王だった。

「そんなもんかね。

人間なんぞ、大して俺の頃から変わったように見えねぇが」

霊体化を解いて――

金色の英雄の視線の先へと、ランサーは実体化していた。

「その目玉は飾りか、槍使い？」

「どうかね」

殺し合うべき難敵を目前に、余裕ある仕草で肩を竦める。こちらが存在を感知できたということは、当然、先方もとうに気付いている。聖杯戦争に参加する英霊は、サーヴァントに特有の気配を感知する。具体的な場所となると話は別だが、付近にいる、と把握するだけならばどの階梯のサーヴァントにも可能な芸当だ。

それでもこの場に留まって、こうも堂々と佇《たたず》んで。

こうして。

声まで、掛けてくる。

並の英霊ではないことは見ればわかる。

正しく言えば、視覚に頼らずとも肌で気配を感じ取れば理解する。

（……ま、別に構わんが）

自分の主人《マスター》の横顔を思う。

あれは、この金色の英雄のことを告げればどんな反応をするか。具体的には、どんな表情を浮かべるかに興味があった。まさか、あれが、相手が難敵とわかって愕然《がくぜん》とするような性質《たち》ではなかろうが。

（野郎《セイバー》といい、随分とまあ大物が揃ったもんだ）

やれやれ。

息を吐きながら、ランサーは肩を竦める。

殺しても構わない、と主人には言われたものの。これは、やめたほうがいいだろう。少なくとも、宝具を封印したままの状態でやり合うには相応《ふさわ》しくない相手だ。

――東の果ての地にて。
聖杯を巡る闘争があった。
――遍《あまね》く人々には知られることのない、大規模魔術儀式。
勝者となるべき者はたったひとり。
――それは、八年前。一九九一年。
――聖杯の顕現した、この東京に於《お》いて。
七名の魔術師の下に、七騎の英霊が集って。

——史上第一の聖杯戦争が始まっていた。

一九九一年二月某日、未明。

東京都中央区、晴海《はるみ》埠頭《ふとう》。

海沿いに連なる巨塔の群れの影を、どう喩《たと》えたものだろうか。

当世について、サーヴァントとして現界した自分たちには最低限の情報が自動的にもたらされるのだから、初見の何かを前にして理解不能の混乱に陥るであるとか、未知への驚きに衝撃を覚える等ということは、ない——とは言い切れないが。

ああ、そうか、と。ある種の合点を得ることになるのだろう。

例えば、目の前の光景について。

深夜を過ぎた未明の暗がりの中、東京湾臨海地区《ウォーターフロント》の高層ビルディングが形作る巨大な影、眼下の海の暗がりとは対照的なそれを目にしても、彼《セイバー》はさほど驚かなかった。

晴海埠頭。自分たち以外には無人の、海沿いの路上にて。

視線を、セイバーは彼方《かなた》へと向ける。

黒色の東京湾上――

そこには、壮麗にして荘厳に聳《そび》え立つ、光り輝く神殿の姿が見える。

ただひとつきりの神殿ではない。

幾つもの神殿が複層的に折り重なって偉容を成す、超大型の神殿複合体。目に見える箇所のすべてが幻影ではなく実在しているものと仮定するならば、その全長は優に数キロメートルにまで及ぶものと目測できる。

星空が、まるで海上に降りてきたかのような偉容だ。

地上に光満ちたが故に星明かりの多くを失ったこの都市にあっては、皮肉に過ぎる。

我知らず、目を奪われかけてしまう。多くを知っているとは言えず、最低限の事柄しか知識として有していないという意味では、湾沿いのビル影と大差ないはずであるのに。

海に浮かぶ光の群れは、美しい。

忌憚《きたん》なく、そう評するに足る光景ではあった。

だが。しかし。あれは、真なる星空の輝きではない。

斃《たお》すべき英霊のもたらす魔力が発光を伴って映っているに過ぎない。

その名──

まさしく、光輝の大複合神殿。

「ライダーの宝具ね。あんなところに、あなたを行かせたくないわ」

「愛歌《まなか》」

名を呼びながら、傍らの少女《マスター》へと向き直る。

神殿の輝きをきらきらと反射させながら、潤む瞳が自分を不安げに見つめていた。

たとえば、この都市のすべてが聖杯を求めて刃交わす戦場でなければ、騎士として、詩のひとつも捧《ささ》げなければと思わせる──そんな、可憐《かれん》を湛えた瞳だった。

瞳に、星が宿ったかの如く。

けれど、潤んでいる。不安に揺れている。

その理由を、少女が瞳の奥底に溜《た》め込んでいる危惧《きぐ》を、セイバーは理解していた。

「あの神殿は私を呼ぶためにライダーが配置したものだ。正確には、私とアーチャー、そしてランサーを。他二名の動向が未だ不明である以上、少なくとも私が行かなければ、彼は、宣言を実行してしまうかも知れない」

「だめ。ひとりで、なんて」

「危険は承知だよ」

数多《あまた》の宝具を操るライダーは個体としても強力な英霊だ。加えて、海上の神殿内部には先日の戦いでその威を見せつけた巨獣が最低二体は存在していることが判明している上、神殿そのものも脅威であることは想像に難くない。

神殿《あれ》は恐らく、固有結界に類するものだろう。

聖杯戦争に参戦する英霊たちの操る宝具はおしなべて強力な武器ではあるが、ライダーのそれは桁《けた》が違う。文字通りに、並の英雄英傑とは格の違う相手と言える。王の中の王を自称するだけのことはある、という訳だ。

そして、そんな彼は熱望している。

自分《セイバー》との決着を。

彼方に見える大神殿への〝招聘《しょうへい》〟に応じなければ、空翔《かけ》る太陽の船は夜明けを待たずに東京全域を火の海へと変えるだろう。ライダーはその暴挙を可能とするだけの力を十二分に有しているし、数少ない相対のみではあるものの、かの英霊が口先のみの脅しをかけるような人物ではないことは実感している。

東京。この、東の果ての都。

決して彼にとっての祖国《ブリテン》ではなく、暮らす人々は領民でもない。

それでも──

「これは私の我が儘《まま》だ。私は、彼を止めたい」

「本当に、そう。あなたって、時折、小さい子のように駄々をこねてしまうのね」

「すまない」

「……そんな顔、しないで。マスターのほうはわたしが何とかしておくから」

静かに、主人たる少女が頷く。

本来、あり得ない言葉ではあった。

これほど年若い少女が、数十名を超す魔術師を束ねる神秘の一族の長《おさ》を倒すべき敵としながら、〝単身で何とかする〟などと嘯《うそぶ》くのは、仮に魔術に対して天賦の才を持っていたとしても、まず、不可能を口にしていると判断すべきだろう。かの一族は東京西部の山岳地帯にて、強固な結界を何重にも張り巡らせた魔術工房の奥底に潜んでいる。

魔術の城塞《じょうさい》にして、死の罠《わな》が満ちる迷宮。

そこに、か弱い少女ひとりで潜入出来るはずもない。もしも叶《かな》ったとしても、まさか数十名の魔術師を相手にたったひとりで魔術戦を挑んで生き延びられるはずはない。

だが、セイバーは少女へ静かに告げていた。

ありがとう、と。

自分と共に聖杯戦争に臨む主人《マスター》の力を、彼は既に知っていたから。

「本当に、もう。あなたはとっても欲張りな王子さま《エゴイスト》」

主人──

沙条愛歌は、ぴたりと彼に寄り添ってくる。

蒼色と銀色の鎧に、少女の翠色《みどり》のドレスが重なる。

体の重みを感じないのは、きっと彼女の意図なのだろう。近頃は寄り添ってくることが増えたものの、愛歌は、一貫して自分からはセイバーに直接触れることがない。

「あなたは助けたくてたまらないのね。脆《もろ》く儚《はかな》い、人間たちを」

少女の真っ白な指先が、手のひらが、銀色の胸甲に向けられる。

胸元に手のひらを当てるかのように。

実際は、その、ほんの寸前で止めながら。

「心配ばっかりさせて」

僅かに頬を膨らませる。

愛らしい仕草だった。暗がりの殺し合いなどではなく、朗らかな陽差しの注ぐ花園こそが相応しい、眩《まばゆ》さと無邪気を思わせる花の仕草。

それから、ふと、思い付いた風にセイバーの顔を見上げて。

やや、表情を翳《かげ》らせて。

「あなたのことが心配よ。心配で、心配で、泣いてしまいそう、だけど……」

そのまま、困った顔で微笑んで。

「でもね、心配なんてしていないわたしも、わたしの心のどこかにいるの。あなたはどんな英霊にだって負けないのだから。あなたの振るう剣は、あなたの敵のすべてを引き裂くし、あなたの振るう輝きは、あなたの敵のすべてを打ち砕くわ。

ねえ、セイバー。わたしのセイバー。

もしも聖杯戦争がもう一度行われたのだとしても――」

「あなたは負けないわ。誰にもね」


静かな言葉。

海上とは対照的に星の数が少ない夜空に、声が溶け込んでいく。

直後――


飛来する、巨軀《きょく》の気配があった。

反射的に、愛歌の腰に腕を回し、防御の姿勢を取る。

迎撃は考えず、マスターに対する万全の防護のみを考えながら、視線鋭く。二秒と経たずに、視界に影が差す。明確に、東京湾上から弧を描いて飛来したであろう巨軀が、視線の先に着地する。

大型トラック以上の巨体が、衝撃もなく優美に降り立っていた。

速度と質量が、硬い路面と巨軀の双方へともたらすはずの致命的なエネルギー量を無視して、物理法則を殺し、少女のスカートがふわりとそよぐ程度の風だけを周囲数十メートルに撒《ま》きながら。


人面だった。

獅子《しし》だった。


特徴的な頭飾りを被《かぶ》った貌《かお》を有する、百獣の王たる獅子の身体。

巨大。巨体。巨軀。

圧倒的なまでの質量を備えた驚異の巨獣。

それは、ある種の神聖ささえ感じさせる静かな面持ちで、セイバーと愛歌を光のない双《そう》眸《ぼう》で見下ろしていた。

斥候か、尖兵《せんぺい》か。それとも再度の招待を告げる使者のつもりか。

「ライダーの獅身獣《スフィンクス》——」

セイバーの唇から巨獣の名が漏れる。

それは、この現代で大地を踏みしめるはずがないものの名だ。

古代ギリシャやバビロニアにて語られた伝説の怪物、人頭獅身の合成獣《キメラ》。更なる遥かな過去、数千年前の古代エジプトにあっては天空を司《つかさど》る神《ホルス》の地上世界に於ける化身、荒ぶる炎と風の顕現として畏《おそ》れられた伝説の四足獣。

別名を、恐怖の父《アブホール》という。

地中海から西アジアにかけて数多の伝説を有する獣。

この場にいたのが未熟な魔術師であれば、咄嗟に「如何《いか》なる魔獣が召喚されたものか」と思い違いをするかも知れないが、到底、これが魔獣等の器に収まる道理はない。

では、何だ？

それは——

伝説の中に棲《す》むものだ。

幻想の中に眠るものだ。

神話の中に在るものだ。

幻想種。想像された獣。古き伝説の中でのみ語られる存在。

既知の生命に類しない、神秘そのものがかたちと化したこれらの存在は、魔獣、幻獣、神獣、等の位階によって区分される。

ならば、これは。この巨《おお》いなる獣は何か。

それは、魔を平伏させ、幻を討ち払い、聖なる威光を伴って地上に君臨するもの。

神獣――

竜種を除けば紛《まご》うことなき最上位に属する、聖なりし獣！


『■■■■■■■■■――――ッ!!』


巨体の神獣が咆哮《ほうこう》する。

静かであったはずの顔が憤怒《ふんぬ》に歪み、敵意と共に人間と同じ形の歯を剝《む》き出しにした獣の表情を貌に貼り付けて、星の少ない空に吠《ほ》える。

晴海埠頭の静けさが、たちまち破れる。

「行ってくれ。愛歌。

私は、これを片付けてライダーの神殿へ向かう」

「セイバー」

「愛歌。頼む」

自分は、やはり典雅の騎士にはなれないのだろう。

半ば自動的に、戦闘に対して瞬時に特化される頭脳と思考の僅かな片隅で考える。

騎士の身を案じる少女に対して微笑みのひとつも浮かべるべき局面で、こうも、鋭く視線を怪物に叩き付けるのみ、とは。代わりに、セイバーは少女の腰に回した手を少しずらして、そっと肩に触れる。

「……わかったわ」

少女が、静かに頷く。

何かを言いたげに開かれた唇からは、肯定の言葉のみ。

いいや、お前たちのどちらも逃がしはしない。そう告げるかの如く唸《うな》り声を上げる巨獣を視線のみで制して、セイバーは不可視の剣を構える。

そして──


「ほう、ほう。面白い！

三騎どころか、単騎のみで余の〝獣〟を相手取ってみせるつもりか。

我が威光、我が栄光のほんのひとかけらとは言え、万軍さえ屠《ほふ》る熱砂の獅身獣を」

東京湾上、大複合神殿。

主神殿最奥。不気味の巨大怪球を備えた暗がりの空間にて。

膨大な魔術回路を思わせる幾筋もの淡い光に照らされながら、王は微笑む。

「——いいだろう。ならば存分に足掻《あが》いてみせよ、光なきもの」


晴海、東京国際見本市会場。

敷地内大通り。

蹂躙《じゅうりん》、という言葉こそ相応しい。

巨大な脚であっけなく破壊されていく瀝青《アスファルト》の地面、着地の衝撃でひしゃげる大型トラックの群れ。老朽化が叫ばれつつあるとは言え、数千の人間を収容し得る施設の外壁が、獣の前脚で呆気《あっけ》なく砕かれるなどと、誰が思っただろう。

既に未明の時刻であるため、無人と思しいことが唯一の幸いか。

巨獣《スフィンクス》と剣士《セイバー》の戦いは、この、きわめて大型の展示用施設が建ち並ぶ領域へと及んでいた。

外観から予想される以上の破壊をもたらす爪が、牙《きば》が、驚嘆すべき速度で次々と繰り出されていく。天然自然の生物、たとえば虎や獅子の動作よりも遙かに迅《はや》い。巨体でそこまでの行動をとっているということは、末端部である爪や牙の速度はどれほどか。攻撃動作の後に響き渡る破壊音と衝撃波《ショックウエーブ》が、驚嘆すべき現実を物語っている。

それらの攻撃を、路面を、壁を、屋上を、走り抜けながらセイバーは回避する。

重い攻撃を、回避。

迅い連撃を、回避。

すべてを躱《かわ》しながら、視線はぴたりと巨獣の中央へ向けられている。対象の全体像を輪郭として捉えつつ反撃の機会を覗《うかが》っているのだ。攻撃動作の癖であるとか、連続する攻撃の合間の呼吸であるとか、そういった〝隙〟を待っている。

だが。巨獣は、どうやら高い知能を有しているらしい。

飛行能力を活用し、立体的な機動で以《もっ》て全方位からの攻撃を変則的に続け、そしてその勢いが萎《な》える気配は微塵《みじん》もない。セイバーが何を待っているのか、理解した行動。

そして、更には――

牽制《フェイント》さえ行ってみせる。

連撃のさなかに敢《あ》えての無駄な攻撃。施設の壁を破壊し、破片を撒き散らす。魔力を伴わない攻撃を基本的には受け付けないサーヴァントとは言え、ある程度の〝魔力を有した攻撃のもたらす付帯効果〟には影響を受けることもある。

「……ッ！」

飛来する鉄筋コンクリートの破片を回避する、瞬間。

これまでに一度も行われなかった、四肢を用いた全速力での巨獣の突撃！

破片への回避行動を取り消しての再度の回避行動は、既に、間に合わない。ならばとセイバーは刀身の峰を盾に見立てて、己《おの》が身体の前に立てる。

完全回避ではなく、攻撃を真正面から受け止める防御姿勢――！

衝撃。重い。重すぎる。

不可視の剣を取り巻く宝具、風王結界《インビジブル・エア》に溜め込まれた風の魔力の段階的解放に加えて魔力放出を併用して尚《なお》、巨獣突進の打撃を受け止めきれない。全身がひび割れそうになるほどの衝撃がセイバーを襲う。金属音が何処かで響いたかのような錯覚は、骨格すべてが軋《きし》む音か。

それでも、最後まで律儀にダメージを受ける彼ではない。

巨獣も、突進で施設外壁を幾つか砕きながら地面にでも叩《たた》き込みつつ、牙でとどめを刺すぐらいのことは考えているだろう。

（なるほど）

思考の片隅で、セイバーは納得する。

（大した、獣だ……！）

猛烈な勢いで剣から放たれる風が、向き《ベクトル》を変える。真正面から受け止めようとする形から、受け流す形へと。同時に、セイバー自身はぐるりと横回転しながら、跳躍。ブーツ裏からの魔力放出も併用して、広い間合いを取る。

「……確かに」

短く、息を吐いて。

「ただの剣士であれば、きみには敵《かな》わないだろう。だが――」


――構えを、変える。


獣は、武具の間合いの駆け引きを行うこともなく、向けた刃の切先に怯《ひる》みもしない。当然だ。敵は騎士でも兵士でもなく、矢でも戦車でもなく、魔術の徒でもない。荒れ狂う暴風が如き、尋常ならざる獣に他ならない。

故にこそ、セイバーは構えを変化させる。自らの数倍以上はある巨軀を備えた獣と相対するに、戦場を想定した剣技で挑むのは相応しくないのだから。

右足と左足の間隔を通常よりも広く取って、腰を低く落として。

両手に握った不可視の剣を右肩の上に掲げ、全身に力を籠《こ》める。

全身の鎧を解除。

踏みしめた大地を強く意識する。

この構えは――

神秘の巨獣を斃すためのものだ。

焦燥など、セイバーの蒼色の瞳には微塵も浮かばない。

当然だ。これをするのは初めてではないのだから。

自らの身長を遙かに超えて、爪のひとつ、牙のひとつが巨漢の戦士が振るう大剣や斧《おの》よりも重く、鋭く、迅い、人智《じんち》を超えた怪物との殺し合い。つい先日にも同種の獣に遭遇したことを数える必要もなく、人を超えた存在、神秘がかたちを成したかの如きものどもとの戦いには、覚えがある。

邪竜、巨人、巨獣、そして、唸るもの。

祖国《ブリテン》を蹂躙しようと迫る邪悪な怪物の悉《ことごと》くを屠ってきた。

だから、そう、戦い方は既に知っている！

『■■■■■■■■■――ッ!!』


灼熱《しゃくねつ》の火炎。

破砕の大気。

時に、王の持つ力を体現するとも称される巨獣の咆哮が、刹那《せつな》、敵を灼《や》き尽くし打ち砕く炎の竜巻《ファイアストーム》と化してセイバーへと襲い掛かる。

剣士の構えに誘われたかにも思える、先制の、超常の一撃！

天空神ホルスの司る力の一端を具象化させたかの如き猛撃が、敷地内大通りの並木を瞬時に炭化させ、ドーム状の屋根を有した大型施設――東館を直撃する。その形状から特撮映画に登場する〝怪獣〟にちなんだ通称で若者たちに親しまれた見本市会場東館は、数秒と経たず、熱された飴《あめ》のように融解した。

ならば、セイバーは何処へ？

炎に灼かれ、風に砕かれ、仮初めの肉体ごと霊核を失って雲散霧消したか。

いいや。違う。

見るがいい、巨獣の頭部を。人面が在ったはずの場所を。

其処《そこ》には、今、ぽっかりと大穴が空いている。

己の体と剣を、弓に番《つが》えて引き絞られた一条の矢へと変えて、セイバーは炎の竜巻ごと巨獣の頭部を真正面から貫いたのだ。

だが、頭部の大穴の向こうにも剣士の姿は見えない。何処だ。貌を失った巨獣が、異常なまでの生命力で、脳の大半を失っただろう頭部をきょろきょろと巡らせる。


——上、だ。


上空約二〇〇メートルを舞う蒼銀の剣士が踏みしめるのは、夜の星空。落下運動のみならず、文字通りに空中の大気を蹴り込んでの加速、魔力放出による再加速を伴った第二撃を行う姿勢。既に、不可視の剣は大きく振りかぶられている。

この第二撃で、巨獣の両断を狙っているのは明白。

貌を失ったまま、巨獣が上体を跳ね上げる。頭部の損傷などダメージの内にも入らないとでも告げるように、魔力で赤熱化した両前脚の爪で剣士を狙う。

猛速の落下攻撃を行うセイバーを迎撃する、左右からの同時攻撃。

貌もなく、眼球もなく、視界など完全に失っているにも拘《かか》わらず、巨獣の爪はあまりに正確だった。速度も十分。魔力で編まれた鎧を装備していようがいまいが、この爪の前には意味もない。後は、最早《もはや》、大いなる主《ライダー》の敵を叩き潰すのみ。

左右の前脚が——

——赤熱した爪が、砕け散る。

——高速回転する不可視の剣。

——無慈悲なまでの刃の舞踏。

これもまた、蹂躙か。

切断とは呼べないだろう。

全力を込めた魔力放出と風王結界の併用で自らの体を剣ごと高速横回転させて、セイバーは、落下しながら巨獣の赤熱爪を削り取っていた。秒間にどれほどの回転を行ったのかを視認できた者はいない。既に、巨獣には貌も眼球もない。

更に、回転を続けながらの落下攻撃が、無貌巨獣の頭部から胴部までを瞬時に削る。

両断——

二等分断とは、言えまい。

「……さあ」

着地したセイバーが立ち上がった時。

炎と風の巨獣は、最早、四肢の残骸しか残っていなかった。

「約束通り。決着を付けよう、ライダー」

（第2巻へつづく）

トトン
綾香《あやか》？
今日《きょう》はずいぶんと早《はや》いじゃないか
？
えと
あなた誰《だれ》ですか…？
あ
綾《あや》…香《か》？

原作：TYPE-MOON
漫画：中原
はい
どうぞ
Fate/Prototype
スペシャルコミック 今日だけのわがまま
？
どうしたんだい
お父《とう》さんも
お姉《ねえ》ちゃんも
いないのにケーキ
なんて食《た》べていい
のかな…
えーーと
いっ
言《い》っただろう？
今日《きょう》は君《きみ》のお父《とう》さんに
一日《いちにち》この家《いえ》の留守《るす》を
預《あず》かってるんだ

よー
なんか面白《おもしろ》いことになってんじゃねえか
隠《かく》し子《ご》か何《なに》かかい？
ランサァァ また君《きみ》は…
これ君《きみ》のマスターの魔術《まじゅつ》じゃないだろうな…？
あとタダ飯食べに来るな!!
ケチくせぇ事言うなよ!!
まぁ その可能性《かのうせい》もなくはねえがな
!!
わし わし
ハハッ 気《き》が強《つよ》いところも嬢《じょう》ちゃんそっくりだ
イテテ
ずるい
ぬっ
ア〜ヤ〜カァ

おお
アヤカ!!
そこにいたな
探《さが》したぞ
ズッ
ふむ!!
やっと効果《こうか》が出《で》たか
なかなかいい具合《ぐあい》に小《ちい》さくなったものだ…
スバラシイ
愛い
まて!!
まて!!
まさかこの綾香《あやか》の状況《じょうきょう》はキミの仕業《しわざ》か!!?
そうだ!!
この薬《くすり》でな!!
?、

この薬《くすり》は飲《の》めば身体《しんたい》・記憶《きおく》ともに幼《おさな》くなると云《い》われていてな
なんだかギリギリな設定《せってい》だな
その昔《むかし》とある魔術師《まじゅつし》がつくったものを飲《の》みやすいようカプセルに詰《つ》めたものだ
面白《おもしろ》そうなのでな我《オレ》が引《ひ》き取《と》った
……
聞《き》けばアヤカは幼少時《ようしょうじ》の記憶《きおく》も曖昧《あいまい》らしいではないか
こいつ…
アヤカのすべてが知《し》りたくてな…出来心《できごころ》でというか
まあ我《オレ》の単《たん》なる好意《こうい》だ!!!
くっ
ったく
綾香《あやか》には不用意《ふようい》にアーチャーには近《ちか》づかないよう注意《ちゅうい》しておいたハズなんだが
じとっ
プリンに差《さ》して出《だ》したら疑《うたが》いもなく口《くち》に入《い》れていたぞ
…
後《あと》で叱《しか》っておかなければ…
それにしても——…

こんな形《かたち》とはいえ また昔《むかし》の綾香《あやか》に会《あ》うとは――…
？
で
効果《こうか》の切《き》れ目《め》は？
仮《かり》にもさすが魔術師《まじゅつし》といったところか 効《き》くのも遅《おそ》ければ切《き》れるのも早《はや》いだろう
フッ
……
そうだ お腹《なか》空《す》いたろう？
何《なに》が食《た》べたい？
えっと
おかまいなく…
ホラ 言《い》っただろう？ 今日《きょう》は君《きみ》のお父《とう》さんもお姉《ねえ》ちゃんも出《で》かけていないんだ
少《すこ》しのワガママくらい大丈夫《だいじょうぶ》

ね
ニコ
我慢《がまん》しないで
今日《きょう》ぐらい好《す》きなもの食《た》べよう?
じゃ
じゃあねっ
私《わたし》っ
目玉焼《めだまや》き…両面焼《ターンオーバー》きで食《た》べたいっ
目玉焼《めだまや》き…でいいの?
?
うん
お姉《ねえ》ちゃんがいつも作《つく》る片面焼《サニーサイドアップ》きも嫌《きら》いじゃないよ
でも今日《きょう》だけのワガママだね
幼少綾香バンザイ!!
綾香《あやか》あ
…
オイオイ
よし!他にもいろいろ作ろうか!

ごちそうさまでしたっ
お粗末様《そまつさま》
どう？お口《くち》に合《あ》ったかな
えっ
あの
ウンッ
……
えーと…
テメェのは質《しつ》より量《りょう》の大味料理《おおあじりょうり》だろうが美味《おい》しいわけがあるかよ
うううう…うるさいなッ
やれやれ
ふふっ
綾香《あやか》まで…

ちがうの いつもはね お家《うち》に一人《ひとり》で お留守番《るすばん》してるから
こんなに にぎやかなの 久《ひさ》しぶりで楽《たの》しくって
綾香《あやか》…
君《きみ》はいつも ひとりで――…
お兄《にい》さん また会《あ》える？
次《つぎ》に 幼《おさな》い綾香《きみ》が
僕《ぼく》と 会《あ》うのは――
そうだね 会《あ》えるよ きっと

わっ
あれ？
？
？
ここリビング？部屋《へや》で寝《ね》てたはずなんだけど…
ポンッ
さ
綾香《あやか》
今日《きょう》の朝《あさ》ご飯《はん》は目玉焼《めだまや》きにするかい？
えっ何《なん》でもいいよ…ていうか自分《じぶん》で作《つく》るし…
だってセイバーのは…
か、かわいくない…っ
グチ
グチグチ
そもそも君はな
からといって
アーチャ
保護者《ほごしゃ》…
グチ
なんで私怒られてるの
説教
THE END

解説（※注意　ネタバレを含みます）

東出祐一郎

――結論から言おう。桜井光は鬼畜生である。

「Fate/Prototype」とは、大ヒットPCゲーム「Fate/stay night」の原型とも呼べるものであり、「stay night」に使用されたと察せられる幾つかのネタを散りばめながらも、そのストーリーは大きく脚色されている。


例えば年代は一九九九年である。

例えば聖杯戦争は新宿で執り行われる。

例えばアーサー王は少女ではなく青年である。

例えば主人公である衛宮士郎は存在せず、沙条綾香という黒魔術師が主人公である。

……が、実のところ。あれやこれやは瑣末なことである（主人公とヒロインの性別が逆転していることですらも）。

最大のエラー、「stay night」との決定的な違いは――沙条愛歌という少女に集約されている。

彼女は恋に生きる少女である。

それも生半可な恋ではない。自分の一生、相手の一生全てを捧げ尽くす――ですら足りず、それが無関係の他人であろうが有害な敵であろうが無害な身内であろうが、悉く煮え立った鍋に放り込むが如き恋である。

それは、「stay night」で立ちはだかる敵たち全てが持ち得なかったもの。

ギルガメッシュは傲岸不遜の、世界最古の英雄王として戦った。

言峰綺礼は「真っ当なものに幸福を感じられない」という己の業に煩悶しながら、その業を以て衛宮士郎と対立した。

そこに、あどけない「恋心」などを抱いた者はいない。間桐桜は運命に翻弄されながらも、「恋心」と「姉への慕情」を抱いたが故に光の側への帰還を果たせたのだ。

それは沙条愛歌とは、真逆の方向性だ。恋は武器ではなく、(敵対者としては)弱点であったのだから。

「Fate/Prototype 蒼銀のフラグメンツ」は、そんな彼女が主人公の物語だ。

執り行われる第一の聖杯戦争。愛歌は眉目秀麗な剣士《セイバー》、アーサーと共に聖杯戦争を勝ち抜いていく。

戦っていくのではない。勝つのである。それは神に近い視点からの蹂躙であり、敵対者はいっそ哀れなほどに消えていく――あるいは、敵対することすら放棄する。

聖杯への執念、サーヴァントたちが聖杯へ懸ける願望、魔術師たちの悲願。それらはただの「恋心」の前に、無惨に破れ果てていく。

愛歌は恋というただ一つの感情を方向性《ベクトル》にして、さながら弾丸のように飛んでいくのだ。一目散に、標的しか見えていないとばかりに。


しかし、残念なことに弾丸は破壊することしか能がない。頭蓋に直撃すれば脳漿が飛び散るは当然だ。グロテスク、スプラッタ、ゴア、スラッシュ――。

にも拘わらず、にも拘わらずだ。この物語はおぞましいほどに美しい。

恋に生きる少女は可憐で美しい。

額に口づけされて照れる少女は美しい。

アサシンを統べる少女は美しい。

恋をした青年のために料理をする少女は可憐ですらある。

桜井光の文章は流麗で美しい。

イラストレイターである中原氏のイラストも、一分の隙もなく美しい。

……だからこそ、逆に恐ろしい。

愛歌の行為は全く文句なく恋する少女のそれであるのに、読者はそこに恋の温もりではなく、恋の恐ろしさを突きつけられるのだ。

さて、「蒼銀のフラグメンツ」はあくまで「Fate/Prototype」の前日談である。

愛歌は背後から、聖剣を胸に受けて死亡する——それは確定した未来である。

愛歌が恋をした青年アーサーは、なぜ聖剣を己のマスターである彼女に突き立てたのか。

それは未だに謎である。

愛歌が恐ろしくなったのかもしれない。生贄にされた綾香を救おうとしたのかもしれない。あるいは、愛歌との決定的な対立があったのかもしれない。

いずれにせよ、愛を歌う少女の恋は破れた。無敗無敵であったはずの「恋」は、聖剣の前に敗れ去る運命だったのだ。

惨く、残酷な話である——読者はそう思うかもしれない。

しかし、それはどちら側にとってだろう。

恋の前に無造作に薙ぎ倒された凡人の側か。恋そのものを失ってしまった少女の側か。

もし後者を哀れに思ってしまうなら——それは、何て矛盾なのだろう。

誰より残酷だったはずの少女に、哀れみを抱かせるなど。

それ故に、やはりこう結論せざるを得ないのだ。

——桜井光は鬼畜生である、と。

あとがき

桜井光

聖杯によって叶えられる願いは、ひとつ。
対して、聖杯起動の魔術儀式に参加する魔術師と英霊の数は七人七騎。
すなわち、争い、戦い、殺し合い、最後に残る者だけが願いを果たす。
聖杯戦争。空前の絢爛にして絶後の死闘——

本作は、ゲーム、コミック、アニメーション等の複数媒体で展開中のTYPE-MOON作品『Fate/stay night』の原典小説を原案として形作られた、『Fate/Prototype』のスピンオフ小説です。一九九九年の東京を舞台として描かれる『Fate/Prototype』に対して、本作はその八年前——一九九一年の東京で繰り広げられた最初の聖杯戦争を、複数の〝断片《フラグメンツ》〟として紡ぐものです。

およそ十年前、『Fate/stay night』発表時のことは今でも覚えています。
伝説的な作品である『月姫』を手がけた奈須きのこさんと武内崇さんによる新たな商業

作品が発売されるという報せに、業界全体が大きく揺れたように記憶しています。そこには大きな期待と予感があり、それは確かな現実となりました。

――胸躍る物語、魅力に溢れた人物、練り込まれた世界。

まさに衝撃でした。

そして、二〇一二年。TYPE-MOON十周年記念アニメーション『Carnival Phantasm』三巻の映像特典である『Fate/Prototype』を目にした瞬間、わたしは、あの頃と同じか、それ以上の衝撃を受けました。

『Fate』の原典となる存在について、それなりの情報は知っているつもりでした。けれども、映像の形で、そして『Fate/Prototype -Animation material-』に於ける奈須さん手ずからのシノプシスという形で〝珠玉の物語の断片〟として顕れたそれは、凄まじいまでの輝きを放っていました。

そして、その衝撃は、ずっとこの胸に在って――

気付けば、小さな〝物語の断片〟がわたしの中で芽吹いていました。

一九九九年の東京聖杯戦争に於いて運命的な再会を果たすはずの、ふたりの姉妹とひとりの騎士。沙条愛歌、沙条綾香。そして、第一位のサーヴァント・セイバー。

刃を交える以前、八年前、最初の聖杯戦争での三人の姿。

微笑む愛歌。

嬉しげにくるくると踊るその姿は、咲き誇る花のよう。

数奇な運命を経て、コンプティーク編集部、そしてTYPE-MOONさんの元へとこの断片は届きました。そこから先は、もう、驚嘆と奇跡の連続です。輝く断片を目にして紡いだほんの小さな断片は、奈須さんをはじめとする方々のお力を得て、〝一九九一年の聖杯戦争〟を描き出す〝断片の物語《フラグメンツ》〟へと編み上がって行きました。

愛歌とセイバー、そして姉を見つめる綾香の物語。Little Lady。

本書に纏められた物語です。

きっと、断片を編むことはここで終わるものと思っていました。

けれど——

多くの応援をいただいた結果、〝断片の物語〟は更なる先へ続くこととなりました。

八年前の玲瓏館美沙夜とサーヴァントたちの物語。Best Friend。

二〇一四年九月現在、月刊コンプティーク誌上では『Best Friend』の連載が既に終了を迎え、更なる第三の断片である『Beautiful Mind』の連載が開始されます。

来月発売予定の第二巻では、書き下ろしの物語が収録されます。きっと、第三巻にも新たな断片が加わることでしょう。

本書、連載。そして今後の書籍。

数多の断片。物語の群れ。

いずれもお楽しみいただけましたら、無上の幸いです。


ここからは謝辞を。

奈須きのこさま、武内崇さま。『Fate/Prototype』の八年前を描くという桜井の無茶なお願いに対してご快諾いただいた上、相談や監修でも多くのお時間とお力を割いていただき、本当にありがとうございます。

中原さま。いつも、美しくも繊細なフルカラー・イラストをありがとうございます。今尚紡がれていく一九九一年の断片たちは、中原さんの絵によって確かな実体を得るのだと実感しています。

月刊コンプティークの小山さまと編集部・営業部の皆さま。ありがとうございます。

そして、この物語を楽しんで下さるすべての方々に、幾万の感謝を。

それでは——次の断片で。

本書は、二〇一四年九月にTYPE-MOON BOOKSより刊行された単行本を修正のうえ、文庫化したものです。「解説」「あとがき」は当時のものを収録しています。

Fate《フェイト》/Prototype《プロトタイプ》 蒼銀《そうぎん》のフラグメンツ 1

桜井《さくらい》 光《ひかる》

令和6年 9月25日 初版発行

発行者●山下直久

発行●株式会社KADOKAWA
〒102-8177 東京都千代田区富士見2-13-3
電話 0570-002-301（ナビダイヤル）

角川文庫 24309

印刷所●株式会社暁印刷
製本所●本間製本株式会社

表紙画●和田三造

●お問い合わせ
https://www.kadokawa.co.jp/（「お問い合わせ」へお進みください）
※内容によっては、お答えできない場合があります。
※サポートは日本国内のみとさせていただきます。
※Japanese text only

ISBN 978-4-04-115333-8 C0193

◇◇◇

角川文庫発刊に際して

角川源義

第二次世界大戦の敗北は、軍事力の敗北であった以上に、私たちの若い文化力の敗退であった。私たちの文化が戦争に対して如何に無力であり、単なるあだ花に過ぎなかったかを、私たちは身を以て体験し痛感した。西洋近代文化の摂取にとって、明治以後八十年の歳月は決して短かすぎたとは言えない。にもかかわらず、近代文化の伝統を確立し、自由な批判と柔軟な良識に富む文化層として自らを形成することに私たちは失敗して来た。そしてこれは、各層への文化の普及滲透を任務とする出版人の責任でもあった。

一九四五年以来、私たちは再び振出しに戻り、第一歩から踏み出すことを余儀なくされた。これは大きな不幸ではあるが、反面、これまでの混沌・未熟・歪曲の中にあった我が国の文化に秩序と確たる基礎を齎らすためには絶好の機会でもある。角川書店は、このような祖国の文化的危機にあたり、微力をも顧みず再建の礎石たるべき抱負と決意とをもって出発したが、ここに創立以来の念願を果すべく角川文庫を発刊する。これまで刊行されたあらゆる全集叢書文庫類の長所と短所とを検討し、古今東西の不朽の典籍を、良心的編集のもとに、廉価に、そして書架にふさわしい美本として、多くのひとびとに提供しようとする。しかし私たちは徒らに百科全書的な知識のジレッタントを作ることを目的とせず、あくまで祖国の文化に秩序と再建への道を示し、この文庫を角川書店の栄ある事業として、今後永久に継続発展せしめ、学芸と教養との殿堂として大成せんことを期したい。多くの読書子の愛情ある忠言と支持とによって、この希望と抱負とを完遂せしめられんことを願う。

一九四九年五月三日

角川文庫版

Fate Prototype
蒼銀のフラグメンツ

全5巻連続刊行決定!!

Fate/Protptype 蒼銀のフラグメンツ 2
2024年10月25日発売予定!

Fate/Protptype 蒼銀のフラグメンツ 3
2024年11月25日発売予定!

Fate/Protptype 蒼銀のフラグメンツ 4
2024年12月24日発売予定!

Fate/Protptype 蒼銀のフラグメンツ 5
2025年1月24日発売予定!

桜井 光　原作:TYPE-MOON　イラスト:中原

KADOKAWA

※この情報は2024年8月現在のものです。　※予定は変更になる場合がございます。

拙は…みんなを守れる
自分でいたい
ロード・エルメロイⅡ世の事件簿
漫画 東冬
原作 三田誠／TYPE-MOON
ャラクター原案 坂本みねぢ
ネーム構成 TENGEN
最新⑪巻好評発売中！
adokawa Comics A
©TYPE-MOON
KADOKAWA